Les Contemporains,
CLASSIQUES DE DEMAIN
LAROUSSE

W0307011

La Querelle des deux lézards et autres contes africains

Amadou Hampâté
Bâ

Édition présentée,
annotée et commentée
par Cécile PELLISSIER,
professeur certifié de lettres modernes

Direction de la publication : Carine GIRAC-MARINIER
Direction de la collection : Nicolas CASTELNAU-BAY
Direction éditoriale : Jacques FLORENT
Édition : Marie-Hélène CHRISTENSEN
Lecture-correction : service lecture-correction LAROUSSE
Direction artistique : Uli MEINDL
Mise en page : Monique BARNAUD, JOUVE Saran
Responsable de fabrication : Marlène DELBEKEN

© Éditions Stock, 1999, 2000
© Éditions Larousse 2012 pour la présente édition
ISBN : 978-2-03-586611-0

Sommaire

L'auteur

Une généalogie compliquée

Amadou Hampâté Bâ est né à Bandiagara, au Mali, officiellement vers 1901 mais plus probablement fin 1899 ou début 1900. Le pays est alors sous domination française : la pénétration coloniale, menée depuis le Sénégal par le colonel Louis Faidherbe puis le lieutenant-colonel Joseph Gallieni, s'est faite progressivement à partir de 1878. La ville de Bandiagara, colonisée en 1893, avait été la capitale du royaume toucouleur du Macina, édifiée elle-même sur les ruines de l'Empire peul[1] du Macina. Elle avait donc été le lieu de grandes guerres opposant différentes communautés ethniques, et était riche de traditions historiques et culturelles diverses.

Amadou est le troisième enfant né de l'union d'Hampâté Bâ, le père, et de Kadidja Pâté, la mère. Celle-ci est la très jeune deuxième épouse en même temps que la cousine germaine du père de l'écrivain. Après la séparation à l'amiable de ses parents, Amadou est immédiatement adopté par Tidjani Thiam, second mari de Kadidja et chef de la province de Louta (dans l'actuel Burkina Faso). Il perd son père à l'âge de trois ans environ.

Une enfance bouleversée mais heureuse

Les premières années de la vie d'Amadou sont plutôt agitées. Alors que sa mère est à peine remariée, son beau-père Tidjani est arrêté pour raison politique, emprisonné puis exilé à Bougouni, à plus de 500 km de Bandiagara. Kadidja le suit. À partir de 1905 environ, Amadou et une partie de la famille de son beau-père iront les y rejoindre. Là, le petit garçon commence son éducation religieuse avec le marabout

1. **Royaume toucouleur [...] Empire peul :** les Toucouleurs et les Peuls sont des peuples de l'Afrique de l'ouest qui se sont opposés il y a longtemps pour établir ou conserver leurs territoires (empires). Ils se distinguent essentiellement par le fait que les Toucouleurs sont sédentaires alors que les Peuls sont plutôt nomades.

Tierno Kounta Cissé, qui meurt peu de temps après. À leur retour à Bandiagara, en 1908, Amadou retrouvera son grand frère Hammadoun, avec qui il poursuivra sa scolarité à l'école coranique.

Il vit quelques années heureuses, au milieu de ses amis et avec sa famille. Courant dans la brousse, chassant, jouant, protégé et éduqué par des adultes aimants et vigilants, chef d'une association d'enfants (une *waaldé*), il apprend l'autonomie. Il est aussi en contact régulier avec des griots[1], des conteurs et des musiciens invités chez son beau-père et qui animent les soirées. Très tôt, son goût pour les histoires traditionnelles, les contes et les récits se révèle, et il est déjà considéré par ses camarades comme un remarquable conteur.

Une adolescence studieuse

Kadidja quitte Bandiagara pour s'installer cette fois à Kati, où Tidjani la rejoint et où ils donneront naissance à de nombreux autres enfants. Amadou et son frère aîné restent dans leur ville natale. L'administration coloniale oblige Amadou à poursuivre sa scolarité dans un établissement français. Kadidja est épouvantée à l'idée que son fils fréquente « l'école des Blancs » et devienne ainsi infidèle à la religion musulmane. Elle envisage de « racheter » cette inscription obligatoire, mais on l'en dissuade en lui citant cette parole du prophète Mahomet : « La connaissance d'une chose est préférable à son ignorance. » Amadou poursuit donc sa scolarité à l'école française de Bandiagara, puis à l'école régionale de Djenné où il loge dans la famille du chef peul Amadou Kisso.

En 1913, son grand frère meurt de maladie. En 1914, la Grande Guerre éclate en Europe et la famine sévit en Afrique. Amadou quitte une enfance heureuse et rentre dans l'adolescence. En 1915, il passe le certificat d'études puis décide de fuguer pour rejoindre sa mère à

1. **Griots :** hommes de la caste des poètes musiciens qui transmettent la culture orale.

Kati, à environ 500 km de Djenné. Pendant deux ans, il se consacre à la nouvelle association de jeunes gens (une *ton*) qu'il y a créée et gagne sa vie en tant qu'écrivain public. Mais en 1917 il rencontre un ancien camarade de l'école française, et décide de reprendre sa scolarité. Il étudie pendant deux ans à Bamako et se présente au concours d'entrée à l'École normale William Ponty de Gorée (Sénégal) qui forme les instituteurs. Il le réussit brillamment en 1921. Mais sa mère refuse qu'il poursuive ses études : en fils africain traditionnel, il ne peut lui désobéir.

Une carrière de fonctionnaire et de chercheur

En refusant d'aller à l'École normale, il s'oppose à l'administration française. En punition, Amadou est alors affecté à un poste de fonctionnaire le plus subalterne et le plus éloigné possible, à Ouagadougou, en Haute-Volta (actuel Burkina Faso), où il restera onze ans. Il fait à pied le trajet de 1 000 km. Durant ce voyage, il commence à rédiger un journal de bord et à recueillir tous les renseignements possibles sur les traditions orales des différentes régions qu'il traverse.

En 1933, Amadou est nommé à Bamako au poste de premier secrétaire de la mairie. Il prend auparavant un congé de six mois qu'il passe chez Tierno Bokar, qui a été son maître à Bandiagara. Ce dernier le forme intensivement à l'enseignement soufi musulman.

À Bamako, Amadou poursuit sa formation religieuse auprès de Chérif Hamallah, chef spirituel réputé pour sa sagesse. Considéré quelques années plus tard comme un rebelle anti-français, ce dernier est poursuivi, condamné, puis exilé par l'administration coloniale ainsi que tous ses disciples. Amadou est en danger. En 1942, le professeur Théodore Monod, directeur de l'IFAN (Institut français d'Afrique noire) à Dakar (Sénégal), intervient en sa faveur et le fait affecter dans ses services.

Amadou devient donc « chercheur » à plein temps et peut désormais se consacrer à sa passion. Il travaille à la section « Ethnologie » et se rend sur le terrain pour effectuer ses missions qui consistent à récolter des documents sur la culture traditionnelle. Il parcourt pour cela de nombreux pays africains et rencontre beaucoup de sages et de conteurs. Il acquiert une méthode de travail scientifique et commence à publier des articles.

En 1943, la France lui propose d'entamer une carrière politique. Il refuse le poste de délégué du Soudan à l'Assemblée constituante par scrupule religieux, ses croyances lui déconseillant de prendre des fonctions de commandement. Mais en 1951, il accepte la bourse offerte par l'UNESCO qui lui permet de venir passer un an à Paris, où il rencontrera de nombreux anthropologues africanistes avec lesquels il restera en contact tout au long de sa vie. À son retour, il travaille avec le professeur Jacques Daget avec qui il publiera ses premiers livres.

À partir de cette période, Amadou Hampâté Bâ ne cesse de participer à de nouvelles missions afin de lutter contre la disparition ou l'étiolement de la culture orale africaine traditionnelle. Il prend part à de nombreux congrès, au sein de diverses délégations ou associations. On lui prête cette phrase célèbre, devenue sa devise : « En Afrique, quand un vieillard meurt, c'est une bibliothèque qui brûle. »

Amadou Hampâté Bâ travaille jusqu'en 1970, date à laquelle son dernier mandat à l'Unesco prend fin. Il s'installe alors à Abidjan (Côte d'Ivoire) et se consacre à la rédaction de ses Mémoires et au classement de ses archives. Il meurt paisiblement, en 1991.

À retenir

Amadou Hampâté Bâ est un écrivain malien très populaire du XXe siècle. Il est né vers 1900 et mort en 1991. Il est issu de deux familles peules mais a été élevé par un beau-père de l'ethnie toucouleur. Musulman, il a reçu une solide éducation religieuse à l'école coranique. Il a également suivi une très bonne scolarité française et a travaillé toute sa vie comme fonctionnaire.

La récolte des traditions orales

Amadou Hampâté Bâ dit lui-même qu'il a eu « la chance de naître et de vivre dans un milieu qui était une sorte de grande école permanente pour tout ce qui touchait à l'histoire et aux traditions africaines[1] ». Les histoires liées à son origine peule racontées par sa famille maternelle, les contes et récits des griots et des traditionalistes[2] comme le célèbre Koullel, et aussi ceux que lui fournissait son maître spirituel Tierno Bokar, se sont d'abord gravés dans sa très bonne mémoire d'enfant. Ensuite, à partir de 1922, il a mis systématiquement par écrit tout ce qu'il entendait ou observait, tout ce qui provoquait sa curiosité et tout ce qui lui plaisait. Enfin, à partir de 1942 et de son entrée à l'IFAN de Dakar, il a organisé son travail et acquis une méthode de recensement efficace. Il a effectué des tournées dans tout le Sénégal, dans une partie de la Mauritanie, en Guinée, au Niger, en Haute-Volta (actuel Burkina Faso), également au Soudan (Mali) et dans le nord de la Côte d'Ivoire, ainsi qu'au Nigéria et au Ghana. Il a participé à des fouilles archéologiques. Il a surtout pu recevoir l'initiation pastorale peule de l'un des derniers grands *silatigui*[3] et établir des arbres généalogiques d'importantes familles peules avec l'aide d'un généalogiste de renom. Il s'est aussi beaucoup intéressé à l'histoire de l'Empire peul du Macina et à sa conquête par les Toucouleur… Il a ainsi interrogé des milliers d'informateurs d'ethnies variées avant de faire publier ses recherches, dans des articles et sous forme de recueils de contes.

---

1. Propos recueillis par Hélène Heckmann en mai 1985 à la demande de l'APELA (Association pour l'étude des littératures africaines).
2. **Traditionalistes :** on nomme ainsi les savants africains qui diffusent leurs connaissances dans tous les domaines (histoire, géographie, etc.) et toutes les sciences qui vont bien au-delà des contes.
3. **Silatigui :** parfaits connaisseurs.

Alphabétisation et recherche linguistique

Outre sa recherche sur les traditions orales, Amadou Hampâté Bâ s'est aussi beaucoup intéressé à la langue et à l'alphabétisation des jeunes Peuls. Il a ainsi mis au point un alphabet « adjami » en caractères arabes adaptés, permettant de transcrire le peul ainsi que d'autres langues africaines de la savane. Cet alphabet n'a pas été adopté durant le colloque linguistique de Bamako en 1966 organisé par l'Unesco en vue d'unifier les transcriptions de langues africaines. Il a permis cependant à des centaines de jeunes Peuls d'accéder à la communication par l'écriture. Il a également permis de transcrire l'enseignement oral islamique de l'école de Djelgodji (région du Burkina Faso) et de traduire en peul le Coran et ses commentaires oraux traditionnels.

À retenir

L'essentiel du travail d'Amadou Hampâté Bâ a été de récolter et transcrire les contes oraux traditionnels peuls afin de les conserver et de les léguer aux nouvelles générations. Il a également beaucoup écrit sur la culture, les langues et les traditions africaines, en rapportant les propos de célèbres sages et savants de son temps, appelés les « vieillards », qui transmettaient alors leur savoir uniquement oralement.

Pourquoi lire l'œuvre ?

Des contes traditionnels

Les trois contes qui font partie de ce recueil se trouvaient regroupés initialement dans un livre publié en France en 1999 et intitulé *Nouveaux Contes de la savane*, lequel faisait suite à un premier ouvrage *(Petit Bodiel et autres contes de la savane)* paru en 1994[1]. Ces deux ouvrages proposent un choix de fabliaux, légendes, contes ou chroniques provenant de diverses ethnies du Mali. Comme on l'a vu, Amadou Hampâté Bâ les a collectés, rapportés mais aussi développés (comme pour le conte « Le Cadavre de Hyène-Mère », beaucoup plus court à l'origine) et même « recréés », en y apportant sa touche personnelle dans un style très vivant et plein d'humour. Il a procédé à la manière des griots africains. Son talent de conteur nous donne ainsi à lire et à écouter, pour notre plus grand plaisir, des histoires extrêmement divertissantes, originales et amusantes.

Un concentré de culture et d'enseignement

Ces trois contes nous permettent aussi de faire connaissance avec quelques-unes des valeurs anciennes et des richesses culturelles de l'immense continent africain. Amadou Hampâté Bâ leur accordait une importance primordiale et affirmait : « Quiconque ne tient pas compte de ce qu'il était hier, demain ne sera rien, absolument rien[2]. » La sauvegarde, l'étude, la valorisation du patrimoine culturel et historique de son pays et de l'Afrique noire en général ont été l'œuvre de sa vie, mais il a toujours affirmé que cette action n'avait de raison d'être que si elle

1. Hélène Heckmann (décédée en 2001), légataire littéraire d'Amadou Hampâté Bâ, est à l'origine des publications de ses manuscrits et a contribué à honorer sa mémoire et perpétuer son œuvre à travers des conférences, des débats et des interviews. C'est elle qui a opéré le choix des contes et mis en forme ces deux livres.
2. Poème écrit en « écriture adjami », *Cahier n°1*, traduction d'H. Heckmann, 1985.

permettait la transmission. En lisant ces contes, nous participons donc à l'engagement de son auteur. Nous pouvons également, et surtout, nous interroger personnellement sur ce qui a construit notre être et notre filiation, quels que soient notre pays, notre origine, notre parcours et nos croyances. Amadou Hampâté Bâ a défini ainsi le sens de son travail : « Ce n'est pas pour conserver des idées dans une bibliothèque que j'écris, mais au contraire pour assurer la plus large diffusion possible de nos valeurs traditionnelles, afin que chacun puisse s'y référer, méditer et, peut-être, ajouter et créer. En me livrant à ce travail de récolte et de fixation par l'écriture, mon but a été également de servir d'exemple, afin que d'autres continuent dans la même voie. Je ne fais que jouer le rôle du devancier, dont le symbolisme se retrouve dans les danses sacrées : le vieux se met en avant, il danse, et tout le monde le suit au rythme de son pas[1]. »

1. Interview pour le journal *Le Soleil*, Dakar, août / septembre 1981

À retenir

Amadou Hampâté Bâ est considéré comme un homme de science et de sagesse, qui a su allier sa rigueur de scientifique, sa foi de croyant et sa créativité de poète. Il a offert à ses lecteurs des textes originaux, amusants et lumineux, nourris de son éternelle curiosité, de son appétit d'apprendre et de sa quête permanente de la connaissance de soi-même. Il a transmis aux générations suivantes une œuvre variée et riche, construite au gré de ses rencontres humaines et grâce à l'expérience intellectuelle, ethnologique et spirituelle acquise tout au long de sa vie.

La Querelle des deux lézards et autres contes africains

Amadou Hampâté Bâ

L'ŒUVRE L'ŒUVRE

La Querelle des deux lézards

ou

Il n'y a pas de petite querelle

Au temps où les créatures de la terre se comprenaient encore entre elles, un chef de famille aisé vivait dans un petit village, au sein d'une contrée fertile. Sa vieille mère était encore auprès de lui.

Dans le vaste enclos[1] familial qu'entouraient les cases[2] des différents membres de la maisonnée, plusieurs animaux, parmi lesquels un chien, un coq, un bouc, un bœuf et un cheval, déambulaient en liberté.

Un jour, dans un village situé à environ deux jours de marche, un vieillard, réputé pour sa sagesse, vint à mourir. Le chef de famille fut obligé de s'absenter pour se rendre à ses funérailles, en compagnie de quelques autres habitants du village.

« Je me sens très fatiguée, lui dit sa vieille maman. Reviens le plus vite possible.

– Sois tranquille, mère, je ne m'attarderai pas. Dans cinq ou six jours au plus, je serai de retour. »

Sa mère lui donna sa bénédiction pour le voyage, puis alla s'allonger dans sa case.

Au moment du départ, le chef de famille appela le chien :

« Chien ! dit-il. Pendant mon absence, tu seras le gardien de la maison. Tiens-toi ici, à l'entrée de l'enclos. Surveille tout

1. **Enclos :** espace fermé.
2. **Cases :** habitations.

ce qui se passe au-dedans comme au-dehors, et en aucun cas ne quitte ton poste ! Si un incident se produit à l'intérieur, que le coq, le bouc, le bœuf ou le cheval s'en occupent et remettent de l'ordre s'il le faut. Tu m'as bien compris ?

– Oui maître ! » dit le chien. Et, joignant le geste à la parole, il frétilla de la queue et présenta sa tête pour être caressé. Le maître lui tapota gentiment le crâne, puis, rassuré, partit rejoindre ses compagnons de route.

Deux jours après son départ, un matin de très bonne heure, alors que les premiers rayons du soleil commençaient à peine à dorer le toit des cases, le chien perçut un bruit étrange qui semblait venir de la case de la vieille maman. Celle-ci, à l'abri d'une moustiquaire[1], reposait encore. Une lampe à huile brûlait doucement à ses côtés.

Justement le coq de la maison était en train de picorer devant la case de la vieille femme, à la recherche de quelques grains de mil[2] échappés des mortiers[3].

« Coq ! Coq ! appela le chien.

– Que me veux-tu, chien ?

– Quel est ce bruit qui semble venir de la case où repose la mère du maître ?

– Ce sont deux lézards qui se battent, accrochés au plafond de la case. Voilà déjà un bon moment qu'ils se disputent le cadavre d'une mouche morte.

– Je t'en prie, coq, va leur demander de cesser leur lutte. Et s'ils ne veulent rien savoir, oblige-les à se séparer.

– Comment, chien ! s'indigna le coq, la crête frémissante. Tu me demandes à moi, roi de la basse-cour, chargé d'an-

1. **Moustiquaire :** rideau d'étoffe très fine qui entoure le lit pour protéger le dormeur des moustiques.
2. **Mil :** céréale à petits grains.
3. **Mortiers :** un mortier est un récipient creux dans lequel on broie des grains ou des aliments au moyen d'un pilon.

noncer chaque matin l'apparition du soleil, d'aller m'occuper d'une querelle de lézards ?

– La mère de notre maître est malade, insista le chien. Le bruit que font les lézards peut l'incommoder. Et puis, il n'y a pas de petite querelle, comme il n'y a pas de petit incendie. Nul ne sait ce qui peut en résulter...

– Va donc les séparer toi-même !

– Je ne peux pas. Le maître m'a ordonné de ne pas bouger de cet endroit...

– Alors débrouille-toi ! Ce n'est pas mon affaire. D'ailleurs, qui peut se soucier d'une querelle de lézards !... » Et, soulevant les longues plumes de sa queue, le coq recommença à picorer par-ci par-là.

Le bouc, barbu comme un patriarche[1], vint à passer.

« Bouc ! Bouc ! appela le chien.

– Que me veux-tu ? dit le bouc.

– Voudrais-tu aller séparer les deux lézards qui se battent dans la case de notre maîtresse ? Il n'y a pas de petite querelle...

– Pour qui me prends-tu ? chevrota[2] le bouc. C'est bien à moi que tu t'adresses, moi, le maître incontesté de toute une maisonnée de chèvres, alors que le coq lui-même n'a pas voulu s'occuper de cette affaire ? Si cette bagarre te gêne, pourquoi ne pas t'en occuper toi-même ?

– J'ai reçu l'ordre du maître de ne pas quitter la porte durant toute son absence.

– Eh bien, reste à la porte, laisse-nous en paix, et laisse les lézards à leur querelle ! Tout ce qui peut leur arriver, c'est de tomber et de se fracasser la tête sur le sol, et ce sera bien fait pour eux ! Jamais guerre de lézards n'a nui[3] à personne... Une

1. **Patriarche :** vieillard de la famille, qui est particulièrement vénéré.
2. **Chevrota :** du verbe « chevroter », avoir la voix qui tremblote (comme c'est le cas des chèvres et des boucs !).
3. **Nui :** du verbe « nuire », faire du mal.

querelle de lézards, vraiment !... » Et, relevant dédaigneusement sa barbiche, le bouc s'éloigna...

Pendant ce temps, les deux lézards continuaient de s'entremêler, de se mordiller, de se donner des coups de patte et de pousser des crachotements furieux. Inquiet, le chien appela le bœuf, qui ruminait tranquillement dans un coin de la cour :

« Bœuf ! Bœuf !

– Que me veux-tu ? mugit le bœuf, sans doute dérangé dans quelque rêve agréable.

– Deux lézards se battent dans la case de notre maîtresse. Voudrais-tu aller les séparer ? Aucune querelle n'est petite. Nul ne sait ce qui peut en résulter...

– Une querelle de lézards ! s'esclaffa le bœuf. Tu veux que moi, bœuf, le plus fort et le plus ancien des animaux de cette maison, je m'occupe d'une querelle de lézards ? Pas un mot de plus, chien ! Ou d'un coup de mes cornes effilées[1] je te transperce le ventre ! »

Le chien rabattit ses oreilles et se tut. Les lézards, crachotant de plus belle, continuaient de se battre furieusement.

Voyant passer le cheval, le chien fit une dernière tentative :

« Cheval ! Cheval !

– Qu'y a-t-il, chien ?

– Voudrais-tu aller séparer les deux lézards qui se battent pour une mouche morte dans la case de la vieille maman ? Comme tu le sais, il n'y a pas de petite querelle...

– Vraiment, chien, hennit le cheval, tu as une bien mauvaise opinion de moi ! Quand le coq, le bouc et le bœuf ont refusé de s'occuper de cette affaire ridicule, tu veux que ce soit moi, le plus noble des animaux, un pur-sang consacré uniquement à la course, qui aille m'en occuper ? Que veux-

1. **Effilées :** longues et pointues.

tu que cela me fasse, à moi, une querelle de lézards pour une mouche morte ! Va donc t'en occuper toi-même !

– Je ne peux pas, dit le chien. J'ai reçu l'ordre de ne pas quitter mon poste.

– Eh bien, restes-y et laisse-nous en paix ! Jamais guerre de lézards n'a gêné personne. » Et, secouant sa crinière, le cheval s'éloigna à son tour.

Désemparé[1], ne sachant plus que faire, le chien se tut. Les oreilles basses, le museau posé sur ses pattes antérieures, il regardait tristement la cour où chacun vaquait[2], se promenait ou se reposait sans se soucier de rien.

Mais voilà que nos deux lézards, à force de se tortiller, se détachent du plafond et viennent tomber sur la lampe à huile. La mèche enflammée sort de la lampe, elle effleure[3] la moustiquaire, la moustiquaire prend feu, et bientôt le lit est en flammes. La vieille maman appelle au secours... Des cris s'élèvent de partout dans l'enclos... On accourt, on dégage la pauvre femme, et à force de jeter des calebasses[4] pleines d'eau sur le lit on réussit à éteindre le feu. Hélas, la pauvre vieille est gravement brûlée. Elle respire encore, mais sa vie ne tient qu'à un fil.

Le guérisseur du village est appelé en hâte. Il examine la malade, hoche la tête... « Il faut badigeonner les brûlures avec du sang de poulet, dit-il. Trouvez-m'en un, je vais le sacrifier[5] et prononcer sur lui les paroles rituelles[6]. Ensuite, faites un bouillon avec ses restes et essayez d'en faire boire à la malade.

1. **Désemparé :** troublé et plutôt inquiet.
2. **Vaquait :** s'occupait de ses affaires.
3. **Effleure :** frôle.
4. **Calebasses :** fruits du calebassier. Une fois vidés et séchés, ils servent de récipients ou d'instruments de percussion.
5. **Sacrifier :** tuer, afin de l'offrir aux dieux comme sacrifice.
6. **Paroles rituelles :** paroles que l'on doit dire dans ce cas-là.

– Justement, il y a un coq dans la cour ! » s'écrie quelqu'un. On se précipite, on donne la chasse au coq qui court en tous sens, battant des ailes et poussant des glapissements[1] de protestation. Peine perdue ! Bientôt un homme l'attrape, le saisit par les pattes et l'emporte au-dehors pour être sacrifié.

Comme il passe devant le chien, pendu par les pattes et la tête ballottante, la voix tout enrouée à force d'avoir crié, le coq gémit :

« Ah ! chien ! Si seulement je m'étais occupé de cette querelle de lézards ! Voilà qu'aujourd'hui je vais y laisser ma vie !

– Eh oui ! fait le chien. Je te l'avais bien dit, qu'il n'y a pas de petite querelle. Si tu m'avais écouté, tu n'en serais pas là maintenant. »

Après le sacrifice du coq, on badigeonne les brûlures de la malade avec le sang recueilli, puis on prépare un bon bouillon de poulet. Quelqu'un va jeter les os au chien. « Pauvre coq ! dit celui-ci. Si tu avais accepté d'user de ton autorité pour arrêter cette bagarre, on ne me donnerait pas aujourd'hui tes os en guise de repas... »

Hélas ! Avant même d'avoir pu avaler une gorgée de bouillon, la vieille maman, trop gravement atteinte, rend son dernier soupir. Alors que tous se lamentent dans la maison, un homme va chercher le cheval pur-sang, le selle et le fait monter par un jeune garçon habitué des courses de chevaux. Il lui tend une cravache. « Fais vite ! lui dit-il. Fonce jusqu'au village où se trouve le chef de famille, annonce-lui le décès de sa mère et ramène-le immédiatement. Lui seul peut s'occuper des funérailles. »

Le jeune garçon, ravi de monter le pur-sang, s'élance d'un bond sur son dos, le cingle[2] d'un coup de cravache et, poussant un grand cri, le fait démarrer comme une flèche. Durant des heures il le fait galoper, galoper, galoper... À force de cris,

1. **Glapissements :** cris.
2. **Cingle :** fouette.

de coups de cravache et de coups de talon, il le pousse tellement que le pauvre cheval, haletant, l'écume[1] ruisselant des mâchoires, arrive au village voisin en fin de matinée, juste comme le soleil se trouve droit au-dessus des crânes.

Le garçon aperçoit le chef de famille parmi les hommes assemblés, et va lui annoncer le drame. Bouleversé, ce dernier n'a qu'une idée en tête : rentrer chez lui sans perdre un instant afin de rendre à sa mère les derniers devoirs qu'il lui doit. Sans se soucier de chercher une monture plus fraîche, il bondit sur le dos du pur-sang encore couvert de sueur, prend le gamin en croupe[2] et, à grands coups de cravache, lance à son tour le cheval sur le chemin du village.

Pauvre pur-sang, qui se considérait comme trop noble pour s'occuper d'une vulgaire histoire de lézards !... Jamais encore il n'a été soumis à pareille épreuve ! Fouetté, éperonné[3], une double charge sur le dos, le voilà forcé de refaire au grand galop la longue route qu'il a déjà parcourue le matin avec tant de mal.

Couvert d'écume, les flancs ensanglantés, les yeux hors des orbites, vers la fin de l'après-midi il arrive enfin devant l'enclos familial. Le maître et le gamin sautent à terre et rejoignent les membres de la maisonnée. Quant au pauvre cheval, les poumons en feu, crachant une écume rougeâtre, il fait encore quelques pas... Puis, le cœur à bout, il s'écroule à côté du chien. Comme on dit en Afrique, « son cœur a éclaté ».

Avant d'expirer, il trouve encore la force de dire dans un dernier souffle :

« Ah ! chien ! Si seulement j'avais écouté ton conseil, je ne laisserais pas ma vie aujourd'hui dans cette querelle de lézards !

– Hélas, mon ami ! soupire le chien. Voilà les tristes conséquences d'une «petite querelle» ! »

---

1. **Écume :** salive, bave.
2. **En croupe :** derrière lui sur le dos du cheval.
3. **Éperonné :** piqué avec les éperons, frappé sur les flancs avec les pieds.

Pendant ce temps, le chef de famille, après s'être recueilli auprès du corps de sa mère, ordonne le creusement de la tombe. Or, selon la coutume du village, avant d'enterrer un défunt[1] il faut d'abord « ouvrir » rituellement[2] sa tombe en y versant du sang de bouc. La chair de l'animal sert ensuite à nourrir les visiteurs venus présenter leurs condoléances[3].

Aussitôt, deux hommes se saisissent du bouc qui, sans méfiance, se prélassait dans la cour. Ils le tirent par les cornes vers l'emplacement des sacrifices. En passant devant le chien, le bouc chevrote tristement :

« Oh, chien ! Combien tu avais raison ! Si seulement je m'étais occupé de cette querelle de lézards, aujourd'hui on ne me sacrifierait pas !

– Hélas oui, mon ami ! répond le chien. Si tu avais pris la peine d'arrêter cette petite bagarre, aujourd'hui tu aurais la vie sauve ! »

Une fois le bouc égorgé, un ancien recueille son sang et va « ouvrir » rituellement la tombe de la vieille maman. Celle-ci est enfin inhumée[4] selon les règles, avec tous les honneurs dus à son rang et à son âge. On fait rôtir le reste de la viande pour nourrir les visiteurs, et on porte au chien une bonne part de chair et d'os...

Quarante jours après le décès, moment où l'âme des défunts est censée[5] se libérer des derniers liens qui la retiennent encore dans le monde terrestre, des gens arrivent de tous les villages avoisinants pour participer à la grande cérémonie du « quarantième jour ». Pour nourrir tout ce monde, le chef de famille est obligé de sacrifier le bœuf. Avant de mourir, celui-ci lance au chien :

1. **Défunt :** mort.
2. **Rituellement :** suivant les habitudes religieuses.
3. **Présenter leurs condoléances :** assurer la famille de leur sympathie.
4. **Inhumée :** enterrée.
5. **Est censée :** est supposée.

« Ah ! chien ! Si seulement j'avais accepté de m'occuper de cette querelle de lézards !... »

Plein de pitié, le chien pousse un grand soupir. Mais lorsqu'un peu plus tard on lui apporte une énorme part d'os et de morceaux de viande, il les dévore sans façon...

Ainsi, à cause de la bataille de deux petits lézards pour une mouche morte, modeste querelle dont personne ne voulut s'occuper, non seulement nos fiers amis le coq, le bouc, le bœuf et le cheval y laissèrent la vie, mais il en résulta un incendie, et une mort qui endeuilla[1] toute la maisonnée... Seul le chien, fidèle à son devoir, sortit indemne[2] de cette tourmente, et y trouva même une récompense inattendue...

C'est ce conte[3] – parfois intitulé « Un rien tue tout » – qui, en Afrique, sert à illustrer l'adage[4] : « Il n'y a pas de petite querelle, comme il n'y a pas de petit incendie. »

Chez nous les vieux enseignent aux jeunes : « Dès que vous assistez à une querelle, si minime soit-elle, intervenez, séparez les combattants et faites tout pour les réconcilier ! Car

1. **Endeuilla :** plongea dans le chagrin du deuil.
2. **Indemne :** sain et sauf, sans avoir subi de dommages.
3. **Ce conte :** en octobre 1969, sous une forme très résumée, Amadou Hampâté Bâ a utilisé ce conte au Conseil exécutif de l'Unesco à propos du conflit arabo-israélien, pour faire prendre conscience à chacun des dangers potentiels d'une telle situation. Il a laissé plusieurs versions de ce conte dans ses archives. C'est la version la plus complète qui en est présentée ici. (Note de Hélène Heckmann, *Il n'y a pas de petite querelle*, Éditions Stock, 1999, p. 25. Hélène Heckmann est l'exécutrice testamentaire littéraire d'Amadou Hampâté Bâ.)

Cf. aussi Gérard Meyer, *Contes du pays malinké*, Paris, Karthala, 1987, p. 18-19. (Note de Christiane Seydou, *Il n'y a pas de petite querelle*, Éditions Stock, 1999, p. 25.)

4. **Adage :** courte formule qui ressemble à un proverbe et qui sert de règle de conduite.

le feu et la querelle sont les deux seules choses qui, sur cette terre, peuvent mettre au monde des enfants plus colossaux[1] qu'eux-mêmes : un incendie ou une guerre. »

1. **Colossaux :** puissants, considérables.

Le Roi qui voulait tuer tous les vieux

ou

Nul ne peut voir tout seul le sommet de son crâne

Dans une cité de haute brousse[1], au cœur du royaume de Toula-Heela[2], un jour le roi mourut. M'Bonki[3], son fils unique, lui succéda. Hélas, encore jeune et inexpérimenté, M'Bonki fut si grisé[4] par le pouvoir dont il venait d'hériter que bientôt il aspira à[5] l'exercer sans limites, et surtout sans se heurter aux éternelles remontrances[6] des vieux. Il ne voulait qu'une chose : pouvoir commander librement aux jeunes de son village et leur faire subir toutes ses fantaisies sans être gêné par personne.

Une nuit, il rêva que des vieillards, marchant à la queue leu leu, venaient l'un après l'autre lui faire la leçon et contrecarrer[7] ses volontés. Le matin même, il fit réunir tous les

1. **Haute brousse :** loin des grands centres urbains, régions où prédominent la végétation et la faune sauvage.
2. **Toula-Heela :** il s'agit d'un royaume imaginaire.
3. **M'Bonki :** ce nom peul signifie « mauvais », « mal » (note de Amadou Hampâté Bâ).
4. **Grisé :** content, au point d'en perdre un peu la tête.
5. **Aspira à :** eut très envie de.
6. **Remontrances :** reproches.
7. **Contrecarrer :** s'opposer à.

jeunes gens du village sur la grand-place qui faisait face au palais, et donna ordre à chacun d'eux d'aller tuer son père, ses grands-pères... bref, de tuer tous les vieux du village ! Et il les menaça de mort s'ils ne s'exécutaient pas[1]. « Je veux, leur dit-il, que mon pays soit comme la nature aux premières pluies de l'hivernage[2], qu'il n'y ait partout que de l'herbe verte et pas un seul brin d'herbe desséchée ou jaunie par le temps. Désormais, je ne veux voir partout que des visages jeunes ! »

Accablés, les garçons se retirèrent et firent ce qu'on leur avait ordonné. Tous, sauf un.

Ce dernier, nommé Taasi, était très attaché à son vieux père, dont il admirait la sagesse. Aussi, à la nuit tombée, sans faire de bruit, il le fit sortir de sa case. Coupant à travers les hautes herbes pour échapper aux regards, il le conduisit jusqu'à une grotte qu'il avait découverte au flanc d'une colline. Il l'y installa, plaça à côté de lui une bonne provision de nourriture et d'eau, et promit de revenir le voir chaque soir en cachette.

Le lendemain matin, le roi réunit de nouveau les jeunes gens.

« Alors, tous les vieux sont-ils morts ? demanda-t-il.

– Oui, répondirent les jeunes gens.

– C'est bien. Maintenant, je vais vous demander de faire quelque chose pour moi. Voilà : je voudrais que vous réalisiez pour ma monture royale, cet alezan[3] doré qui, comme vous le savez, ne boit que du lait provenant des vaches blanches du

1. **S'ils ne s'exécutaient pas :** s'ils n'obéissaient pas.
2. **Hivernage :** saison des pluies en Afrique.
3. **Alezan :** cheval dont la robe (c'est-à-dire la couleur du pelage) est jaune tirant sur le rouge.

Sahel[1], une entrave[2] uniquement tressée avec des grains de sable fin. Apportez-la-moi dans trois jours. Sinon, le bourreau[3] que voilà vous coupera la tête ! » Et, tout content, il rentra dans son palais.

Les jeunes gens, stupéfaits, restèrent figés sur place. Pendant un moment, ils en perdirent même l'usage de la parole. Comme ils retrouvaient leurs esprits, les exclamations fusèrent[4] de tous côtés : « Comment ! Une entrave faite avec du sable ? Mais c'est impossible ! » disait l'un. « Par quel moyen allons-nous y arriver ? gémissait un autre... On tisse des fibres, pas du sable ! » « Attention ! fit le plus âgé. Quand le roi dit quelque chose, il le fait. Et si nous n'arrivons pas à lui fournir ce qu'il demande, il va tous nous tuer ! »

Ils avaient beau réfléchir, se lamenter, invoquer les mânes des ancêtres[5], aucun ne trouva de solution miracle...

Le soir venu, Taasi, le garçon qui avait sauvé son père, alla retrouver celui-ci dans sa grotte afin de lui apporter son repas. Conformément à l'usage[6], il attendit que son père ait fini de se restaurer pour lui parler de ce qui le tourmentait.

« Père, lui dit-il, le roi M'Bonki, après avoir fait tuer tous les vieux, s'apprête à exécuter tous les jeunes.

1. **Sahel :** région située au centre de l'Afrique, qui s'étire d'est en ouest et qui établit une sorte de frontière naturelle entre les régions sèches du Nord et les régions plus humides du Sud. On y trouve des mammifères sauvages (gazelles) et d'élevage (vaches). Les troupeaux sont menés par des pasteurs nomades qui circulent en permanence, à la recherche de nouveaux pâturages (transhumance).
2. **Entrave :** lien que l'on met aux jambes d'un animal pour gêner sa marche.
3. **Bourreau :** homme dont le métier est de mettre à mort les condamnés.
4. **Fusèrent :** se firent entendre toutes en même temps.
5. **Invoquer les mânes des ancêtres :** s'adresser par la prière aux âmes des morts de la famille, aux esprits.
6. **Conformément à l'usage :** comme il convient, c'est-à-dire comme la politesse et les traditions l'exigent.

– Qu'il s'en garde bien ! s'exclama le vieil homme. Un chef qui tue tous ses sujets ne deviendra rien d'autre qu'un gardien de cimetière... Et pourquoi ferait-il cela ?

– Il vient de demander à tous les jeunes du village de réaliser une chose impossible.

– Ah oui ? Et de quoi s'agit-il ?

– Il nous a ordonné de confectionner une entrave pour son cheval, mais il veut que cette entrave soit faite de grains de sable tressés ensemble. Et si nous ne la lui apportons pas dans trois jours, il nous fera couper la tête. Qu'allons-nous devenir ? Comment lui donner satisfaction ?

– C'est tout simple..., dit le vieil homme... Mon fils, approche ton oreille afin que ma bouche y dépose ce que tu diras au roi M'Bonki quand tu seras en face de lui. » Taasi prêta docilement son oreille à la bouche de son père, et retint la leçon que le vieux lui dicta.

Au matin du troisième lever de soleil, les jeunes gens se tenaient sur la place du palais, la tête basse, les yeux rougis à force d'avoir réfléchi jour et nuit à ce qui les attendait.

Le roi apparut.

« Alors, avez-vous tressé mon entrave ? »

Personne n'osa prendre la parole. Un lourd silence s'installa.

« Je vous donne le temps de dix battements de paupières pour répondre, tonna[1] le roi. Sinon, le bourreau commencera son travail et sa main ne s'arrêtera que lorsqu'il ne restera plus aucun d'entre vous ! »

S'armant de courage, Taasi fit un pas en avant et dit :

« Ô roi, chevalier hors pair[2] dont l'alezan doré ne vit que du lait des vaches blanches du Sahel, nous sommes tous tes sujets dévoués jusqu'à la mort. N'avons-nous pas tué nos pères sur un seul mot de toi ?

1. **Tonna :** cria avec colère.
2. **Chevalier hors pair :** cavalier royal, puissant, noble, exceptionnel.

Si nous n'avons pas encore tissé ton entrave, ce n'est nullement par esprit de refus, car pour rien au monde nous ne voudrions te mécontenter. Mais dans notre souci de te satisfaire et d'accomplir un travail parfait, nous voudrions que tu nous montres ta vieille entrave de sable afin qu'elle nous serve de modèle. Nous en étudierons la trame[1] et tisserons pour toi une nouvelle entrave si belle qu'elle fera l'admiration de tous ! » Un frémissement de soulagement parcourut l'assemblée des jeunes...

Le roi resta silencieux un moment. Puis il se leva brusquement, fit un signe de la main et dit d'un ton bougon :

« Bon, partez ! Et revenez demain matin ! »

Le lendemain, il leur dit :

« Hier, vous vous êtes montrés très insolents. Non seulement vous n'avez pas exécuté l'ordre que je vous avais donné, mais, avec votre demande, vous m'avez ôté toute possibilité de vous mettre en accusation. Ne vous croyez pas quittes[2] pour autant ! Aujourd'hui, je vous donne l'ordre de me bâtir un palais flottant entre terre et ciel. Allez, exécutez-vous, et revenez ici dans une semaine ! Il y va de votre tête. »

Plus abattus que jamais, les jeunes gens se dispersèrent.

Comme d'habitude, le soir venu, Taasi alla retrouver son père en secret.

« Père, lui dit-il, ce matin le roi nous a demandé de lui construire un palais suspendu entre terre et ciel. Cette fois-ci nous sommes perdus !

– Mais non ! » le rassura le vieil homme. Et il déposa dans son oreille ce qu'il fallait répondre au roi.

Le lendemain, Taasi déclara à ses camarades que, dans la nuit, une nouvelle idée lui était venue. Il la leur expliqua. Pour

1. **Trame :** façon dont l'entrave est tissée.
2. **Ne vous croyez pas quittes :** ne croyez pas que vous êtes tirés d'affaire et que vous avez terminé d'obéir à mes ordres.

éviter d'attirer sur lui seul la colère du roi, il fut convenu que, le jour du rendez-vous, le plus âgé d'entre eux prendrait la parole en leur nom à tous.

Le matin du septième jour arriva. Tous les jeunes gens se tenaient sur la place. Le roi sortit de son palais, flanqué de deux serviteurs armés de larges éventails pour chasser les mouches et lui faire du vent. Persuadé que, cette fois-ci, ses jeunes sujets n'auraient pas le dernier mot, il vint s'asseoir, l'air satisfait, sur l'estrade royale.

« Alors, fit-il. Avez-vous pensé à ce que je vous ai demandé ? Êtes-vous prêts ? »

Le doyen des jeunes gens s'avança.

« Oui, roi, dit-il, nous sommes prêts. Nous avons réuni tous les matériaux nécessaires, et nous sommes prêts à commencer immédiatement le travail. Mais pour être certains que le palais suspendu correspondra exactement à ce que tu désires, qu'il ne sera ni trop grand ni trop petit, ni trop haut ni trop bas, nous te demandons de tracer pour nous entre terre et ciel le plan de ses fondations[1]... »

Furieux, le roi les renvoya et rentra chez lui.

Quelques jours plus tard, il leur dit :

« Pour vous punir, je vous ordonne de vous réunir tous demain sur la place des exécutions publiques[2], au moment où le soleil surplombera les crânes des hommes, les cimes des arbres et les dos des animaux. J'y viendrai moi-même, accompagné du bourreau. Si je vous trouve au soleil, je dirai au bourreau de vous couper la tête. Et si je vous trouve à l'ombre, ce sera la même chose. Allez ! À demain ! »

---

1. **Fondations :** bases de construction, sur lesquelles le monument prend appui.
2. **Place des exécutions publiques :** place où l'on met à mort les condamnés devant la foule des spectateurs.

Le soir même, Taasi, désespéré, fit part de cette nouvelle exigence à son père. « Ce n'est pas grave, dit ce dernier. Voici ce qu'il faut faire. »

Et le lendemain matin, quand le roi arriva sur la place des exécutions, à son immense surprise il trouva tous les jeunes gens abrités sous des nasses à poissons[1], mais ces nasses étaient tressées avec de larges cordes dont le nattage était si lâche[2] qu'il laissait passer la lumière. Si bien que l'on trouvait sur la peau des jeunes gens à la fois de l'ombre et du soleil...

« Ah ! ah ! Vous vous êtes mis à l'ombre ! s'exclama-t-il.

– Non, roi ! firent les garçons. Regarde, nous sommes au soleil. » Et ils montraient les taches de soleil sur leur peau.

« Alors, vous êtes au soleil ?

– Non, roi, nous sommes à l'ombre ! » Et ils montraient les taches d'ombre sur leur peau.

« Vous avez encore eu le dernier mot, s'irrita le roi. Mais la prochaine fois, vous ne vous en tirerez pas si aisément. Venez tous sur la place du palais demain matin. Si vous êtes sur une monture[3], le bourreau vous tuera. Et si vous venez à pied, il vous tuera aussi. » Et il reprit le chemin du palais, la colère le faisant marcher plus vite qu'il ne sied[4] à un roi respectable.

Taasi retourna voir son père. Au lieu d'être atterré par la nouvelle demande du roi, le vieil homme sourit : « La solution est très facile, mon fils ! Voici ce qu'il faut faire. »

Et le lendemain matin, quand le roi M'Bonki sortit du palais, il découvrit sur la grand-place un spectacle si étonnant qu'il lui arracha un sourire : les jeunes gens étaient tous montés sur des ânons si petits que leurs pieds traînaient à terre. Et

1. **Nasses à poissons :** paniers qui servent de pièges ; les poissons, attirés par les appâts, peuvent y entrer mais ne peuvent pas en sortir.
2. **Dont le nattage était si lâche :** que l'on avait tressées sans les serrer.
3. **Si vous êtes sur une monture :** si vous êtes sur un animal qui sert à transporter l'homme, comme le cheval ou l'âne.
4. **Qu'il ne sied :** qu'il ne convient.

tout en étant assis sur leurs montures, ils marchaient en tous sens à travers la place, à grands coups de jambes maladroits... La situation commençait à amuser le roi.

« Ah ! À ce que je vois vous êtes tous montés ! fit-il.

– Non, roi ! Regarde, nous marchons...

– Alors, vous êtes venus à pied ?

– Non, roi ! Tu le vois, nous sommes tous sur le dos de nos montures. »

Piqué au jeu[1], le roi chercha une nouvelle astuce. « Revenez demain ! leur dit-il. Si vous venez en riant, on vous coupera la tête ; et si vous venez en pleurant, on vous la coupera aussi. J'ai dit ! »

Le lendemain, toujours sur les conseils du vieux père de Taasi, les jeunes gens s'inondèrent les yeux de jus d'oignon. Si bien que lorsqu'ils pénétrèrent sur la grand-place, ils versaient des larmes abondantes tout en riant aux éclats, tellement ils étaient heureux de jouer ce nouveau tour au roi.

Ce dernier sortit du palais. Quand il les vit, pleurant et riant à la fois, il ne put s'empêcher de rire lui aussi. Son cœur se calma, et il comprit que seul un vieil homme caché quelque part avait pu conseiller ainsi les jeunes gens.

« Allons, leur dit-il, rassurez-vous ! Je ne vous ennuierai plus. Tout ce que je vous demande, c'est de me dire si l'un de vous a conservé son vieux. Les réponses que vous m'avez données chaque fois ne peuvent pas venir de vous. Seule l'expérience d'une longue vie peut inspirer une telle sagesse... »

Tout le monde garda le silence. Méfiant, Taasi se taisait aussi.

« Si vous me dites la vérité, ajouta le roi, je ne vous ferai aucun mal. Moi, M'Bonki, roi du pays de Toula-Heela, je déclare sur les mânes de mes ancêtres que si l'un de vous a caché son père quelque part, il peut me l'avouer sans crainte.

---

1. **Piqué au jeu :** pris par l'intérêt du jeu et ayant envie de répondre au défi lancé.

J'accorderai la vie sauve au vieil homme. Mieux, même, je lui donnerai une place d'honneur auprès de moi, car je viens de comprendre qu'un roi dépourvu de vieux conseillers est semblable à une force aveugle qui cogne sans mesure et va droit au suicide. Voyager par une nuit obscure n'est pas dépourvu de danger ; or, un pays privé de vieux sages est comme un voyage par une nuit sans lune. Que celui qui a sauvé son père me parle donc sans inquiétude. »

Rassuré, Taasi s'avança :

« Ô roi ! Tes sages paroles ont rafraîchi nos cœurs. C'est moi qui ai conservé mon vieux père, et c'est lui qui m'a dicté toutes nos réponses.

– Fais-le venir, dit le roi. Je serai heureux de connaître un tel sage. »

Les jeunes gens allèrent tous ensemble chercher le vieux dans sa grotte, et le ramenèrent en triomphe au village. Le roi, reconnaissant ses erreurs et son inexpérience, prit le vieil homme auprès de lui et en fit son conseiller pour le restant de sa vie.

Et c'est depuis ce temps-là, dit-on, que les rois africains se sont toujours fait entourer d'un « Conseil de vieux »[1]...

---

1. Ce conte est connu dans de nombreux pays, avec des variantes. Amadou Hampâté Bâ a confié un jour que les deux derniers épisodes (les jeunes gens montés sur de petits ânons et le recours au jus d'oignon) lui avaient été racontés par M. El Mandjara, son collègue marocain au Conseil exécutif de l'Unesco (entre 1962 et 1970). Il les a ajoutés à son récit. (Note de Hélène Heckmann, *Il n'y a pas de petite querelle*, Éditions Stock, 1999, p. 35. Hélène Heckmann est l'exécutrice testamentaire littéraire d'Amadou Hampâté Bâ.)

Le Cadavre de Hyène-Mère

ou

La Justice des Grands[1]

Conte, conté, à conter...

Il était une fois...

Mais une fois n'est pas coutume.

Cette fois-là, l'Empereur des Pays de Brousse et de Forêt réunis, Sa Majesté Lion XVIII, nomma sœur Hyène « Baronne des Savanes[2] », avec le titre de « Baronne Hyène de Train Arrière Surbaissé ». La nouvelle Baronne reçut des mains de l'Empereur lui-même un très beau manteau de couleur fauve.

---

1. **Le Cadavre de Hyène-Mère *ou La Justice des Grands* :** le présent conte a été écrit et développé par Amadou Hampâté Bâ à partir d'un petit conte, « Le Tribunal du lion », qu'il entendit dans sa jeunesse de la bouche de son maître Koullel, le grand conteur peul. Seule l'idée de base de ce conte originel a servi de trame pour la présente version : les épisodes du « jugement » ont été créés de toutes pièces par Amadou Hampâté Bâ avec une jubilation évidente, ainsi que le « verdict » final et la leçon qui s'en dégage...
   Sur son manuscrit, Amadou Hampâté Bâ avait précisé en sous-titre : « Nouveaux Contes de l'Afrique noire », ce qui laissait supposer une intention de réaliser d'autres contes de ce type. Malheureusement, nous n'avons rien trouvé de semblable dans ses archives, du moins écrit en français. (Note de Hélène Heckmann, *Il n'y a pas de petite querelle*, Éditions Stock, 1999, p. 124. Hélène Heckmann est l'exécutrice testamentaire littéraire d'Amadou Hampâté Bâ.)
2. **Savanes :** vastes prairies d'herbes hautes en Afrique.

Un matin, la Baronne Hyène de Train Arrière Surbaissé, revêtue de son manteau, se présenta devant l'Empereur.

« Sire, lui dit-elle, il importe désormais que, dans votre Empire, les vivants apprennent à respecter les morts. J'ai en tête un projet de loi que je suis venue soumettre à Votre Majesté. Si vous partagez mon humble manière de voir, mon projet sera adopté et il aura force de loi dans la jungle tout entière. »

Sa Majesté Lion XVIII soumit à l'Assemblée représentative, pour discussion et décision, le projet de la Baronne. Ce projet, qui comportait un préambule[1] et trois articles[2], fut adopté à l'unanimité[3]. Il était ainsi conçu :

PRÉAMBULE

– Vu l'envergure[4] *du museau à la pointe de la queue de Sa Majesté Lion XVIII, Empereur de la Jungle,*

– Vu la terreur que l'œil de Sa Majesté Lion XVIII inspire à tous les quadrupèdes[5] *carnassiers et herbivores,*

– Vu la loi fixant les limites et l'épaisseur de la crinière de Sa Majesté Lion XVIII,

– Vu les actes régissant la vie[6] *de tous les « sous-genres » de Chats,*

– Vu l'avis émis en Assemblée générale par la Commission des trois tribus d'Hyènes des régions chaudes,

1. **Préambule :** introduction placée avant le texte principal, et qui sert à expliquer ce qu'il contient.
2. **Articles :** parties numérotées d'une loi.
3. **À l'unanimité :** par tout le monde.
4. **Envergure :** taille.
5. **Quadrupèdes :** animaux qui se déplacent sur quatre pattes.
6. **Actes régissant la vie :** lois fixant la façon de vivre.

– Vu le procès-verbal[1] *en date du treizième jour de la quatrième lune de l'année en cours établi par la commission*[2] *composée des experts « décréta-listes », à savoir :*

1. Le Marquis Crocodile des Crocodiliens[3]*, ancien Saint d'Égypte, délégué général des « Aquatiques*[4] *de l'Afrique ancienne française et anglaise »,*

2. Le Gentilhomme Hérisson de Piquants Aigus, délégué de l'Île-qui-Bouge,

3. Le Vicomte Chacal à Chabraque[5]*, délégué du ministre des États hurleurs,*

– Sur la proposition de la Baronne des Savanes, Hyène de Train Arrière Surbaissé,

DÉCRÈTE[6]

Article 1

1. **Procès-verbal :** compte rendu de la réunion.
2. **Commission :** ensemble des personnes réunies pour réfléchir au problème.
3. **Crocodiliens :** ordre de la classe des reptiles à laquelle appartiennent les crocodiles.
4. **Aquatiques :** ordre imaginaire de la classe des animaux qui se développent et vivent dans l'eau.
5. **Chabraque :** pelage du dos de certains mammifères, de couleur différente du reste du corps.
6. **Décrète :** ordonne par décret, c'est-à-dire officiellement, à travers une loi.
7. **Exhumer :** déterrer.

gent humaine bimane[1] *et d'en consommer la chair, même si celle-ci se trouve en état de putréfaction*[2] *avancée.*

Article 2. *Le présent décret sera imprimé en grosses taches sur une robe d'un gris tirant sur le brun.*

Le Révérend Père[3] *Autruche-Mâle revêtira cette robe après s'être fait raser le crâne. Il portera également à la base du cou un collier discret fait de fins duvets blancs.*

Le Révérend Père Autruche-Mâle devra parcourir, jambes et pieds nus, toutes les distances qui séparent les cavernes des dunes et les régions lacustres[4] *des contrées arides*[5]*.*

Il sera accompagné d'un cortège officiel ainsi composé :

1. M. Cynocéphale[6]*, docteur ès lettres*[7] *et docteur en théologie*[8]*. Le Docteur Cynocéphale sera chargé de lire à haute voix le texte du décret-bulle*[9] *imprimé sur la robe que portera le Révérend Père Autruche-Mâle. Le Docteur Cynocéphale, sous peine de recevoir quatre coups de bâton sur la plante des pieds, sera tenu, chaque fois qu'il aura à lire les textes préci-*

---

1. **Gent humaine bimane :** ensemble des humains, dont le point commun est d'avoir deux mains.
2. **Putréfaction :** pourriture.
3. **Révérend Père :** titre honorifique que l'on donne aux membres importants du clergé.
4. **Lacustres :** qui se trouvent à proximité des lacs.
5. **Contrées arides :** régions sèches.
6. **Cynocéphale :** type de singe africain à la tête allongée comme celle d'un chien (babouin, par exemple).
7. **Docteur ès lettres :** personne qui a obtenu un doctorat en lettres, c'est-à-dire un diplôme universitaire acquis après des études à la faculté de lettres.
8. **Théologie :** étude des textes religieux (comme la Bible ou le Coran).
9. **Décret-bulle :** une bulle est un document officiel qui porte le sceau du pape. Un décret-bulle, ici, est donc un document officiel provenant du roi Lion XVIII.

tés[1]*, de s'accroupir sur son arrière-train, les paumes jointes et les avant-bras appuyés sur ses genoux...*

2. M. le Vicomte de Chimpanzé, colonel de l'Infanterie[2] *des Maraudeurs*[3]*.*

3. M. le Comte Oryctérope[4] *de Groin*[5]*, capitaine de l'Artillerie lourde*[6] *contre les Fourmis.*

4. M. le Marquis de Chat-Huant[7]*, lieutenant-colonel de la « Royal-Air-Humide », commandant l'escadrille*[8] *lilliputienne*[9] *basée à « Terrain mouvant ».*

M. le Vicomte de Gorille se joindra au cortège en qualité d'observateur-brouilleur[10]*. Il revêtira pour la circonstance la grande tenue de John Bull*[11] *dérobée à Accra*[12]*.*

---

1. **Textes précités :** textes dont on a parlé auparavant, c'est-à-dire les textes inscrits dans le décret-bulle.
2. **Infanterie :** ensemble des soldats qui combattent à pied (la cavalerie désigne les soldats qui combattent à cheval).
3. **Maraudeurs :** personnes qui volent des fruits sur l'arbre ou des légumes qui n'ont pas encore été récoltés.
4. **Oryctérope :** mammifère africain qui se nourrit de termites et de fourmis.
5. **Groin :** museau du porc ou du sanglier.
6. **Artillerie lourde :** ensemble des armes de gros calibre (canons, par exemple) et, par extension, ensemble des troupes de soldats qui entretiennent et transportent ces armes.
7. **Chat-huant :** rapace nocturne.
8. **Escadrille :** groupe d'avions composant une unité de combat.
9. **Lilliputienne :** de très petite taille. Les Lilliputiens sont à l'origine des personnages imaginaires inventés par l'écrivain irlandais Jonathan Swift dans son roman *Les Voyages de Gulliver* (1726).
10. **Brouilleur :** dans l'armée, on utilise des émetteurs radio qui superposent un signal sonore à un message radiophonique pour le brouiller, afin qu'on ne comprenne pas ce qui est dit.
11. **John Bull :** en français « Jean Le Taureau » ; nom donné au personnage symbolisant l'Anglais sur les dessins de presse ou dans les bandes dessinées.
12. **Accra :** capitale du Ghana, en Afrique occidentale.

Article 3. *La Baronne Hyène de Train Arrière Surbaissé et le Duc Vautour de Crâne Chauve sont chargés de l'exécution du présent décret-bulle, lequel sera hurlé, barri*[1]*, piaillé*[2] *et ululé*[3] *partout où vivent carnivores et charognards*[4]*.*

*

Une fois le décret-bulle imprimé sur toutes les feuilles des plantes à tige droite, grimpante ou rampante, c'était l'arrêt de mort pur et simple pour tous les charognards et consorts[5] qui viendraient à déterrer un cadavre afin de s'en nourrir.

Peu de temps après, Hyène-Mère mourut. Elle fut enterrée en grande pompe[6], avec force[7] cérémonies, discours et salamalecs[8] en tous genres.

La seconde nuit suivant l'enterrement de sa mère, la Baronne Hyène de Train Arrière Surbaissé, taraudée par[9] la faim, sortit de son terrier. Elle se faufila jusqu'au cimetière où gisait[10] sa mère, suppliant Papa Bon Dieu de lui envoyer des ténèbres si profondes que l'obscurité elle-même n'y retrouverait son chemin qu'en tâtonnant... Et là, au plus profond de la nuit, la Baronne déterra sa mère et la mangea. Comme elle se redres-

1. **Barri :** crié, à la façon des éléphants.
2. **Piaillé :** dit avec des cris aigus, à la façon de certains oiseaux.
3. **Ululé :** crié à la façon des rapaces nocturnes, comme le hibou ou la chouette.
4. **Charognards :** animaux qui se nourrissent de charognes, de cadavres (comme les vautours).
5. **Et consorts :** et tous ceux du même genre, qui agissent comme les charognards.
6. **En grande pompe :** somptueusement.
7. **Force :** beaucoup de.
8. **Salamalecs :** politesses exagérées (familier).
9. **Taraudée par :** tourmentée par.
10. **Gisait :** était enterrée.

sait pour s'éloigner, un éclair malencontreux[1] jaillit brusquement des nues[2]. La Baronne eut si peur qu'elle se soulagea sur place de trois petits tas de ce que vous devinez...

Le lendemain matin, la Baronne se présenta devant Sa Majesté Lion XVIII, émettant force lamentations lugubres :

« À moi, Empereur ! Ma mère, oui, ma pauvre mère a été déterrée et dévorée cette nuit ! À mort les violateurs[3] de tombes, violateurs de Votre loi, ô Empereur... »

Sa Majesté Lion XVIII manda[4] sur-le-champ la Comtesse Cigogne des Migrateurs.

« Je viens d'être informé, lui dit-il, qu'un vampire a osé violer mon décret-bulle. Il faut que tu prennes ton vol et te rendes partout, claquant du bec, pour convoquer tous les peuples de la jungle, et surtout, surtout, la gent carnivore, qu'elle soit quadrupède ou ailée. J'exige que tout le monde se réunisse demain matin, avant que le soleil n'ait ouvert son œil unique et baigné de sa lumière la clairière des acacias[5] située à l'ouest de la Mare clapoteuse[6]. Que tout le monde soit présent et attende sous le vieux baobab[7] de l'Éléphant-Boiteux, sous peine d'être déchiré à coups de griffes et de dents ! »

Ayant dit, Lion XVIII convoqua Son Éminence le Marabout Cigogne à Sac, prélat[8] des Marais. Il le nomma juge et lui donna

1. **Malencontreux :** qui se produit au mauvais moment, et donc de façon regrettable pour la Hyène.
2. **Nues :** ciel.
3. **Violateurs :** profanateurs (ceux qui ouvrent les tombes sans aucun respect pour les morts).
4. **Manda :** fit appeler.
5. **Acacias :** arbres à fleurs jaunes.
6. **Clapoteuse :** produisant un petit bruit de vaguelettes qui s'entrechoquent.
7. **Baobab :** arbre africain au très gros tronc.
8. **Prélat :** religieux qui a reçu la prélature, une dignité accordée par le pape.

pleins pouvoirs pour instruire l'affaire[1] de l'exhumation et de la consommation du cadavre de Hyène-Mère, avec ordre de poursuivre et de punir implacablement[2] le ou les coupables.

PREMIÈRE AUDIENCE[3]

Une fois l'enquête préliminaire terminée, il fut procédé à l'arrestation de plusieurs suspects. De nombreux témoins furent convoqués.

À l'issue d'une instruction[4] longue et houleuse[5], un tribunal tint enfin ses assises[6] sous la haute présidence de Sa Majesté Lion XVIII, Empereur de la Jungle et Roi du Désert. Le juge – Son Éminence le Marabout de Cigogne à Sac – avait revêtu un costume blanc sur lequel il avait jeté un manteau d'un gris bleu tirant sur le vert. Une fois la Cour[7] en place, il claqua de son long bec pour obtenir le silence, puis déclara à haute et forte voix :

« Mesdames, mesdemoiselles, messieurs ! Sa Sérénissime[8] Majesté, notre vénéré[9] Empereur Lion XVIII, m'a donné pleins pouvoirs pour poursuivre et punir ainsi qu'il convient le ou les auteurs d'un crime d'autant plus odieux qu'il viole à

1. **Instruire l'affaire :** faire en sorte que l'affaire soit jugée par un tribunal (en réunissant pour cela tous les renseignements nécessaires et en convoquant tous les témoins).
2. **Implacablement :** avec beaucoup de rigueur et de sévérité.
3. **Audience :** séance d'interrogatoire durant un procès.
4. **Instruction :** voir note 1 ci-dessus.
5. **Houleuse :** mouvementée.
6. **Tint enfin ses assises :** se réunit pour juger le crime.
7. **Cour :** ensemble des magistrats constituant le tribunal.
8. **Sérénissime :** terme utilisé pour désigner les personnages nobles de très haut rang.
9. **Vénéré :** très respecté et honoré.

la fois un décret-bulle impérial… et la pudeur[1] de feu[2] la Très Honorable Hyène-Mère. »

Se tournant alors vers les inculpés[3], Son Éminence les interpella :

« Quant à vous, sieurs[4] honorables inculpés, je sais qu'il en est parmi vous qui se flattent de posséder de puissantes relations… Je sais aussi qu'ils essaieront d'en user pour se faire élargir[5]. Ce sera peine perdue, car bien qu'étant dépendant en d'autres circonstances, ici, en matière de justice, je suis pleinement indépendant. Et je vous prie de croire que je suis doublement immunisé contre[6] toute intervention, qu'elle vienne de la voûte des cieux ou des entrailles de la terre !

Je conseille donc vivement au coupable de venir se présenter avant l'ouverture des débats et de me confier à l'oreille, ou à la rigueur à l'oreille de mon Greffier[7] en chef : "e suis l'auteur du crime." Cette déclaration lui vaudra une appréciable circonstance atténuante, dont il pourra à volonté exploiter l'étendue. »

Bien entendu, personne ne se dénonça. Son Éminence Cigogne à Sac donna alors l'ordre au Greffier, le Marquis de Gobe-Mouches[8] à Bec Aplati, d'envoyer les inculpés à la barre[9].

1. **Pudeur :** attitude de discrétion vis-à-vis de ce qui touche à l'intimité du corps ou des sentiments.
2. **Feu :** la défunte, celle qui est morte.
3. **Inculpés :** personnes accusées du crime.
4. **Sieurs :** terme juridique dont on fait précéder le nom propre. Ici, on peut le remplacer par « messieurs »
5. **Élargir :** relâcher, libérer (terme juridique).
6. **Immunisé contre :** insensible à, c'est-à-dire qu'on ne peut corrompre, détourner du droit chemin.
7. **Greffier :** fonctionnaire chargé du secrétariat d'un tribunal.
8. **Gobe-mouches :** petit oiseau.
9. **À la barre :** barrière du tribunal devant laquelle se placent les témoins qui viennent déposer, c'est-à-dire raconter à la cour ce qu'ils ont vu.

La parole fut donnée en premier lieu à la tribu des Bovidés. Le Comte de Bœuf Sauvage se présenta et déclara :

« Je suis le délégué général de tous ceux qui broutent de l'herbe pour se nourrir. »

Le Greffier lui dit :

« Auriez-vous l'amabilité de vous poster sur votre arrière-train en levant les cornes, de placer votre patte gauche entre les branches de la fourche de déposition et de beugler : "Je dirai la vérité, rien que la vérité, toute la vérité" ? Dites : "Je le beugle !"

– Je le beugle ! mugit le Comte de Bœuf Sauvage.

– Quels sont vos nom, prénoms, surnom et tout ce qu'il faut pour situer et distinguer votre personne ? demanda le Greffier.

– Je me nomme Comte de Bœuf Sauvage. Ma mère s'appelle... attendez un peu... Ah oui, c'est ça, elle s'appelle, je crois : Gnou[1], née Antilope, de la tribu des Bovidés.

– Et votre père, Monsieur le Comte ?

– Chut, ne criez pas trop fort, Marquis. Ce n'est qu'à la dernière minute que j'ai pu me procurer une mère... Ne parlez donc pas de père, c'est un luxe superflu[2]...

– Où êtes-vous né ?

– Encore un luxe somptueux ! Je ne suis pas "né", mais j'ai été parachuté au pays des "Trois-Bois", commune de "Vert", arrondissement de "Demi-Sec", département de "Tout-Sec".

– Quelle est votre profession ?

– Expert herbivore. »

Son Éminence le Juge Cigogne à Sac prit alors le relais et entama l'interrogatoire proprement dit.

« Monsieur le Comte de Bœuf Sauvage ! Connaissez-vous l'existence d'un lieu appelé "Nous-Verrons" ?

1. **Gnou :** grande antilope d'Afrique.
2. **Superflu :** inutile.

– Oui Éminence. J'ai entendu dire que c'était le cimetière où Hyène-Mère avait été enterrée, il y a de cela quelques levers et couchers de soleil.

– Que savez-vous de l'acte de vampirisme perpétré[1] sur le corps de Hyène-Mère ?

– J'ignore tout de cette affaire. Je puis cependant affirmer qu'aucune antilope de mes trois tribus n'est au courant de l'exhumation ni de la consommation du cadavre de Hyène-Mère. Aucun ruminant, d'ailleurs, ne devrait être inquiété en cette affaire, qui concerne plutôt les carnivores et les charognards.

– Et pourquoi aucun ruminant ne devrait être inquiété ?

– Parce que les miens ont une peur bleue des carnivores, même privés de vie. Notre absence de canines et d'incisives supérieures fait que nous vivons d'herbe et non de chair, et moins encore de charogne. Pour quelle raison irions-nous déterrer le corps de Hyène-Mère, nous exposant ainsi inutilement aux représailles[2] de notre vénéré Empereur Lion XVIII ? »

Son Éminence le Juge Cigogne à Sac s'abaissa alors respectueusement jusqu'à l'oreille impériale et y glissa quelques mots à voix basse. Sa Majesté Lion XVIII assistait en effet aux débats afin de pouvoir, le cas échéant[3], trancher toute difficulté qui pourrait surgir au cours de l'audience.

Ayant entendu le Juge, l'Empereur prit la parole :

« Après audition de la déposition du Comte de Bœuf Sauvage et des explications claires et précises qu'il a fournies,

1. **Perpétré :** commis.
2. **Représailles :** vengeance pour punir un acte hostile.
3. **Le cas échéant :** éventuellement.

Vu le rapport déposé par le Docteur Panthère, ex-interne des Hôpitaux[1] des Félidés[2], rapport dont les conclusions établissent qu'en raison même de la disposition particulière de l'extrémité de leurs pattes ainsi que de leur constitution stomacale[3] spéciale, aucun ruminant n'est en mesure de déterrer un corps pas plus que d'ingurgiter de la chair,

Attendu qu'une contre-expertise médicale effectuée par le Docteur Caïman a confirmé que tout animal possédant un estomac divisé en panse, bonnet, feuillet et caillette[4] ne peut vivre de chair,

Je décide, parce que telle est ma bonne volonté agrémentée[5] de mon bon plaisir, qu'aucun animal petit ou grand appartenant aux tribus des herbivores, frugivores[6] et granivores[7], quel que soit le nombre de ses pattes et sa manière de s'en servir, ne sera plus inquiété, ni même entendu, dans l'affaire qui nous occupe. Celle-ci ne visera désormais que les seuls carnivores – fils et membres de la famille impériale exceptés, bien entendu ! »

Cela étant dit, Sa Majesté ajouta :

« Attendu que le soleil, au vu et au su de tout un chacun, tombe de sommeil et n'est plus capable de tenir ses paupières ouvertes, je déclare l'audience levée pour "raison nocturne". Elle reprendra demain, dès que le disque solaire sera parvenu

---

1. **Interne des Hôpitaux :** titre donné à un étudiant en médecine qui a réussi le concours de l'internat et qui seconde le chef de service dans un hôpital.
2. **Félidés :** famille de mammifères carnivores (comme le chat, le léopard…).
3. **Stomacale :** de l'estomac.
4. **Panse, bonnet, feuillet et caillette :** noms des différentes parties de l'estomac des ruminants.
5. **Agrémentée :** à laquelle s'ajoute.
6. **Frugivores :** animaux qui se nourrissent de fruits.
7. **Granivores :** animaux qui se nourrissent de graines.

à une hauteur égale à celle de la longueur d'une hampe[1] de lance peule[2] ! J'ai dit ! »

Aussitôt, l'auditoire se dispersa.

SECONDE AUDIENCE

Au petit matin, après une nuit de réflexion ou de repos, selon les cas, le tribunal se retrouva pour sa seconde séance. Il s'était fait adjoindre[3] le Vicomte Agami[4] de la Grue Couronnée[5], chargé des fonctions de « trompetteur[6] judiciaire ». Le Vicomte trompetteur, ainsi que les membres de la cour, s'avancèrent pour occuper leurs places respectives.

Sa Majesté Lion XVIII rugit trois fois et ouvrit la séance.

Son Éminence le Juge Cigogne à Sac ordonna au Greffier, Marquis de Gobe-Mouches à Bec Aplati, de faire introduire les inculpés. Le Greffier procéda alors à l'appel successif de tous ceux contre qui le tribunal avait retenu des griefs[7].

« Monsieur Circaète[8] des Aigles ?

– Présent !

– Vos nom, prénoms, qualité, etc.

---

1. **Hampe :** manche.
2. **Peule :** du peuple peul (en Afrique de l'Ouest).
3. **Il s'était fait adjoindre :** il avait demandé à être secondé par.
4. **Agami :** oiseau sud-américain, que l'on appelle aussi « oiseau-trompette ».
5. **Grue couronnée :** oiseau échassier.
6. **Trompetteur :** mot ancien pour trompettiste (joueur de trompette).
7. **Griefs :** motifs d'accusation.
8. **Circaète :** grand rapace.

– Je m'appelle le Chevalier de Circaète des Rapaces Diurnes[1], fils de feu Falconidé[2] et de mère inconnue, domicilié à Régions Boisées, fabricant de survêtements brun-fauve et de sous-vêtements brun roussâtre. »

Son Éminence Cigogne à Sac prit la suite de l'interrogatoire : « Combien de tribus représentez-vous, Chevalier ?

– Éminence, moi-même, comme mon père, le père de mon père, le père du père de mon père et les pères ascendants du[3] grand-père de mon père, nous avons toujours, nuit et jour, représenté douze tribus réparties dans le monde depuis le point où le soleil levant quitte son berceau jusqu'à celui où il rejoint son tombeau, depuis la limite du pays désertique où ne croît[4] aucune végétation jusqu'aux confins[5] des forêts touffues au point de ne laisser la place à aucun espace vide.

– Les vôtres sont-ils carnivores ?

– Oui, Éminence, de père en fils, et depuis des milliers de générations...

– De quelle sorte de chair vivez-vous ?

– De la chair des libellules.

– Quand travaillez-vous pour vous procurer votre nourriture ?

– Les miens, comme moi-même, travaillons uniquement du lever au coucher du soleil. Jamais la nuit.

– Vous pouvez disposer, Chevalier de Circaète.

– Merci, Éminence. »

Le Greffier appela : « Madame Dionée[6] ! »

---

1. **Diurnes :** qui vivent et chassent le jour (contrairement aux rapaces nocturnes, comme la chouette).
2. **Falconidé :** oiseau appartenant à l'ordre des rapaces diurnes.
3. **Ascendants du :** qui ont donné naissance au.
4. **Croît :** du verbe « croître », pousser.
5. **Confins :** limites.
6. **Dionée :** plante carnivore d'Amérique du Nord.

Une dame particulièrement svelte[1] sortit du rang et s'avança en sinuant[2]. Après la question rituelle[3] posée par le Greffier, elle déclina son identité :

« Je me nomme Dionée, fille de Droséracées[4]. »

Son Éminence Cigogne à Sac se tourna vers le Greffier et le fixa d'un air interrogateur. Mme Dionée était en effet une plante citoyenne des Amériques, plus précisément de l'Amérique du Nord. Le Greffier expliqua :

« Éminence, Mme Dionée est une carnivore. C'est pourquoi l'instruction a cru bon de la faire comparaître[5]. »

Son Éminence se pencha alors vers l'Empereur... qui somnolait doucement ! Elle lui murmura quelques paroles à l'oreille. Sa Majesté Lion XVIII, dressant queue, oreilles et crinière, se redressa sur son séant[6] et questionna lui-même l'intéressée.

« Madame Dionée, bien que plante, reconnaissez-vous être carnivore ?

– Oui, sire, je le suis, de même que tous les miens.

– Et... comment vous y prenez-vous pour capturer votre prise, puisque vous êtes une plante ?

– Votre Majesté, Papa Bon Dieu était très lié avec notre ancêtre, mais ce dernier était un peu négligent. Le jour où Papa Bon Dieu procédait à la distribution des griffes, pattes, serres et becs crochus, notre ancêtre arriva en retard. Tout avait été distribué. Alors Papa Bon Dieu, par pure complaisance, dota notre ancêtre de poils tactiles[7], avec faculté de les léguer éternellement de père en fils à toute sa race. Depuis lors, sitôt qu'un insecte frôle les cils de l'une de nos feuilles,

1. **Svelte :** mince et élancée.
2. **En sinuant :** en faisant des zigzags.
3. **Rituelle :** habituelle, de circonstance.
4. **Droséracées :** famille de plantes carnivores dont les feuilles portent des poils recouverts d'un produit gluant qui retient les insectes.
5. **Comparaître :** venir devant le tribunal.
6. **Séant :** postérieur.
7. **Tactiles :** qui réagissent au toucher.

celle-ci, tels les doigts d'une main, se recourbe et emprisonne l'imprudent, qui paye sa témérité[1] de sa vie.

– Madame Dionée, vous êtes libre ! déclara Sa Majesté. C'est par suite d'une regrettable erreur judiciaire que vous avez été citée devant notre tribunal. Nous vous présentons toutes nos excuses, en espérant qu'aucune complication diplomatique n'en résultera avec les autorités d'Amérique du Nord. Marquis de Gobe-Mouches, veuillez appeler les autres inculpés ! »

Le premier des inculpés restant à interroger se présenta. Comme tous ceux qui l'avaient précédé, il répondit aux questions du Greffier sur son état civil :

« Je m'appelle M. Dingo[2], fils de Dingo et de feue Sauvage. Je suis né en Australie.

– Que faites-vous dans la vie civile ?

– Dinguer[3]. »

Irrité, Son Éminence lui lança :

« Ainsi vous vous appelez Dingo, et votre métier consiste à "dinguer" ? Espéreriez-vous, par hasard, pouvoir "pigeonner[4]" la justice ? J'aime mieux vous le dire tout de suite, ami Dingo, vous perdez votre temps. Et pour commencer, puisque vous êtes citoyen australien, veuillez me dire pourquoi vous avez quitté votre pays et me présenter vos "passe-forêts" en règle.

– Éminence, les miens, chiens sauvages d'Australie, sont en voie de complète disparition. J'ai fui pour épargner ma vie et conserver au monde un spécimen de ma race. Mais comme tout fuyard, hélas, je n'ai pu me munir ni de "passe-forêts" ni de "traverse-fleuves". »

---

1. **Témérité :** audace allant jusqu'à l'imprudence.
2. **Dingo :** chien sauvage d'Australie.
3. **Dinguer :** familièrement, ce verbe signifie « tomber, être projeté violemment ».
4. **Pigeonner :** familièrement, « rouler, tromper ».

Sa Majesté Lion XVIII toussota :

« Si je vous laissais continuer, mes chers amis, vous finiriez par m'amener ici dans quelques instants mon plus mortel ennemi, l'Impérial Bimane, fils de Bipède-Monsieur-Homme, lui-même fils d'Adam et Ève. Inutile de dire qu'avec l'humeur batailleuse que nous lui connaissons, les choses ne se passeraient pas aussi courtoisement[1] qu'avec Mme Dionée et M. Dingo...

– Sire, intervint le Greffier, nous n'avons plus à entendre que trois délégués : celui des Panthères, celui des Hyènes et celui des Vautours.

– Alors faites vite, et qu'on en finisse ! grogna Sa Majesté.

– Greffier, faites introduire le représentant des Panthères », ordonna Son Éminence le Juge Cigogne à Sac.

Le représentant – ou plutôt la représentante, car c'était une dame Panthère – entra aussitôt. Le Greffier lui fit subir le traitement d'usage :

« Avant de décliner vos nom, prénoms, et tout ce qui s'ensuit... veuillez jurer de miauler la vérité, toute la vérité, vérité verte ou mûre, quelle qu'elle soit. Dites : "Je le miaule."

– Je le miaule ! répéta la représentante des Panthères.

– Quel est votre nom ?

– Je m'appelle Panthère de Félidés, fille de feu Panthère et de son épouse Férocité.

– Quel est votre métier ?

– Grimpeuse diplômée.

– Où demeurez-vous ?

– J'habite 15 rue de l'Affût[2], dans le 7e arrondissement des Branches-Drues[3], zone Afrique indépendante.

– Êtes-vous mariée ?

– Je suis l'épouse du Marquis de Peau Jaune.

---

1. **Courtoisement :** aimablement et poliment.
2. **Affût :** action de guetter (terme de chasse).
3. **Drues :** en grand nombre et disposées de façon serrée.

– Marquise de Peau Jaune ! dit Son Éminence. Je vous appellerai donc ainsi, car vous devez porter votre nom de Panthère mariée et non votre nom de jeune fille...

– Non, Éminence, répliqua Mme Panthère. Je continuerai de porter mon nom de jeune fille ! Cette coutume qui veut qu'après son mariage une épouse troque[1] son nom contre celui de son époux est l'une de celles qui ont été commandées aux "Galeries familiales européennes" ! Je me refuse à l'appliquer ! Je suis une panthère africaine, et je préfère utiliser ce que j'ai trouvé dans le vieux panier de ma grand-mère !

– Soit. Que savez-vous sur cette affaire d'Hyène-Mère ? »

Au lieu de répondre à cette question, Mme Panthère prit un air détaché et dit :

« Le manteau que mon mari aime porter entre tous est couvert de taches marbrées[2]... »

Son Éminence claqua sèchement du bec et rappela la Panthère à l'ordre :

« Madame Panthère, ne jouez pas les idiotes ! Je sais que vous mesurez au garrot[3] quatre fois vingt centimètres à un millimètre près et que vous pesez cinquante kilos. Tout cela ne m'intéresse nullement, pas plus que les préférences de votre mari. Ce que je vous demande, dans l'intérêt de la justice, c'est de répondre avec précision à la question que je vous pose en ma qualité de Juge. »

Mme Panthère coula alors un regard langoureux[4] et fort prometteur à l'adresse de Son Éminence... Interloqué, ce dernier se pencha doucement vers l'oreille de Sa Majesté et lui dit à voix basse :

---

1. **Troque :** échange.
2. **Marbrées :** qui ressemblent à celles que l'on voit sur le marbre.
3. **Au garrot :** du bas jusqu'à la partie du corps au-dessus de l'épaule.
4. **Langoureux :** voluptueux, comme amoureux.

« Sire ! Auriez-vous décrété à mon insu[1] que Cigogne et Panthère peuvent… ?

– Il n'en est pas question ! protesta Sa Majesté. Quel galimatias matrimonial[2] cela ferait !

– Eh bien, sire, Mme Panthère est en train de me lancer un de ces regards… Un tel regard ne peut signifier que deux choses : ou bien copulation[3], ou bien croquement.

– Ah ah ! fit l'Empereur. Vous avez peur d'être croqué par Dame Panthère ?

– Je l'avoue, sire. On m'a laissé entendre qu'elle était tenace[4] et très dangereuse, rusée et fort adroite. Et avec cela, douée d'une implacable suite dans les idées !

– Certes, reconnut Sa Majesté, les griffes de Mme Panthère sont des grappins[5] montés sur quatre pattes agiles. Mais… tant que vous représentez ma justice suprême, elle se gardera bien de toucher au moindre des duvets de votre corps. Allons ! Continuez votre interrogatoire comme vous l'entendez, et ne vous inquiétez de rien. Je suis là, et mes dents et mes griffes ne sont nullement déchaussées[6]… »

Rassuré, Son Éminence le Juge Cigogne à Sac reprit son interrogatoire, non sans une certaine désinvolture[7] :

« Écoutez-moi bien, madame Panthère ! Je ne suis pas un noyé et n'ai donc nul besoin de vous ni de personne pour haler[8] mon corps jusqu'au rivage. Vous allez séance tenante[9] répondre à mes questions, et avec des réponses qui tien-

---

1. **À mon insu :** sans que je le sache.
2. **Galimatias matrimonial :** confusion dans l'organisation des mariages.
3. **Copulation :** accouplement.
4. **Tenace :** obstinée.
5. **Grappins :** gros crochets dont on se sert par exemple pour maintenir un bateau que l'on veut aborder.
6. **Déchaussées :** sorties de leur emplacement (à propos des dents).
7. **Désinvolture :** légèreté, familiarité.
8. **Haler :** remorquer, tirer (avec une corde).
9. **Séance tenante :** immédiatement.

nent debout. Sans quoi, comme disent les militaires français de l'espèce Bimane d'Europe, je vous collerai au gnouf[1] ! Maintenant, dites-moi quelle est votre date de naissance.

– Je suis née l'année où les Chauves-Souris ont tendu à la verticale des pièges confectionnés en fils de toile d'araignée pour arrêter les oiseaux métalliques qui survolaient leur territoire. Voilà !

– Et que savez-vous de l'affaire Hyène-Mère ?

– Rien, Éminence, sinon que de mauvaises langues font courir un bruit selon lequel la tribu des Hyènes serait elle-même mieux renseignée que quiconque sur cette affaire. Dame Effraie[2] aurait même été menacée de mort par quelqu'un si elle venait à dire un seul mot de ce qu'elle sait sur cette affaire... Or, rien ne se passe la nuit sans que Dame Effraie le sache aussitôt !

– Introduisez le représentant des Hyènes ! » intervint nerveusement Son Éminence.

Qui donc aurait pu mieux représenter les Hyènes que leur cheffesse[3], la Baronne Hyène de Train Arrière Surbaissé elle-même ? Elle se présenta donc à la fourche de déposition.

« Chère amie, lui dit Son Éminence, l'instruction d'une affaire est comme un filet qu'on lance dans les eaux. On le hale du large vers le rivage, et ceux qui restent pris dans ses mailles subissent le poids de la justice. Or, à l'heure actuelle, il ne reste que deux “prises” dans notre filet : vous-même, et M. le Duc de Vautour. Je me vois dans la triste obligation de me montrer impartial[4] et rigoureux, en raison des présomptions[5] graves et regrettables qui pèsent sur vos deux tribus.

1. **Collerai au gnouf :** jetterai au cachot (familier).
2. **Effraie :** espèce de chouette au plumage clair.
3. **Cheffesse :** mot familier pour désigner une femme chef.
4. **Impartial :** neutre, qui ne fait pas preuve de favoritisme.
5. **Présomptions :** soupçons.

Amie, je fais donc appel à votre conscience, car tout d'abord il s'agit de votre propre mère, et ensuite de la violation d'une loi que vous avez vous-même conçue, présentée et défendue. Soupçonnez-vous quelqu'un d'être coupable de ce méfait ? Il ne reste plus, au banc des accusés, que les vôtres et les vassaux[1] du Duc de Vautour. Et il a été dit ici, à cette fourche, que l'un des vôtres aurait menacé Dame Effraie de mort si elle se hasardait à[2] dire quoi que ce soit sur l'affaire concernant votre regrettée mère...

– Quel impudent[3] a pu avancer une pareille affirmation ? Où et quand ai-je jamais proféré[4] des menaces à l'encontre de[5] Dame Effraie ? Rapace nocturne tout comme moi-même, elle est l'une de mes amies. Les miens sont d'ailleurs en excellents termes[6] avec toutes les unités de cette vaillante escadrille lancée à la poursuite des rats, souris et insectes parasites[7] de toutes les espèces.

– Il ne s'agit pas de vous, chère amie. »

On interrogea toutes les Hyènes. Toutes, à l'exception de la Baronne, furent en mesure de fournir un alibi[8] démontrant qu'il leur aurait été impossible de se trouver la nuit du crime au cimetière de « Nous-Verrons ». Quant à la Baronne elle-même, elle donna deux versions contradictoires de son emploi du temps durant la fameuse nuit...

---

1. **Vassaux :** nobles qui dépendent d'un grand seigneur et lui ont fait serment de fidélité.
2. **Se hasardait à :** prenait le risque de, s'aventurait à.
3. **Impudent :** effronté.
4. **Proféré :** prononcé.
5. **À l'encontre de :** vis-à-vis de, contre.
6. **En excellents termes :** en très bonne entente.
7. **Parasites :** espèces animales qui se nourrissent en profitant des organismes vivants sur lesquels elles ont élu domicile (comme les poux, les puces...).
8. **Alibi :** preuve.

Son Éminence fit suspendre l'interrogatoire et ordonna aussitôt la comparution[1] du Duc de Vautour.

Le Greffier s'adressa à ce dernier selon l'usage :

« Monsieur le Duc ! Levez la patte gauche, l'aile droite et la tête, baissez la queue et jurez de dire la vérité, toute la vérité, et rien que la vérité, verte ou mûre. Dites : "Je claque mon bec."

– Je claque mon bec ! » répéta le Duc.

Après quoi il déclina : « Je me nomme Duc de Vautour de Crâne Chauve, fils du Duc de Vautour de Vulturidés[2] et de Duchesse Vautour de Moine. J'ai été pondu en Hautes-Montagnes, dans le département du Nord-Est africain. Quant à ma profession, je suis voilier[3]-planeur qualifié. »

Son Éminence le Juge était fort ennuyé de n'avoir pas encore pu découvrir le coupable. Gagné par l'irritation, il interrogea le Duc de Vautour avec nervosité, voire[4] un peu méchamment :

« Reconnaissez-vous, oui ou non, appartenir à la race de ceux qui vivent de cadavres ?

– Oui, Éminence.

– Reconnaissez-vous pouvoir découvrir votre proie de très loin grâce à vos aptitudes d'excellent planeur ?

– Oui, je le reconnais.

– Êtes-vous au courant du forfait[5] perpétré[6] sur le cadavre de Hyène-Mère, il y a de cela quelques soleils ?

– Oui.

– Reconnaissez-vous avoir prononcé des menaces contre Dame Effraie ?

– Une mise en garde, oui, mais des menaces, non, Éminence !

– Ah ! Nous y voilà ! Et que savez-vous du forfait commis sur le cadavre de Hyène-Mère ?

1. **Comparution :** le fait de se présenter devant le tribunal.
2. **Vulturidés :** famille d'oiseaux de jour ressemblant à des faucons.
3. **Voilier :** oiseau au vol puissant.
4. **Voire :** et même.
5. **Forfait :** crime abominable.
6. **Perpétré :** commis.

– Pas grand-chose, Éminence.

– Eh bien, si vous ne savez pas grand-chose sur cette affaire, je vais, moi, vous en dire une bien précise et surtout bien accablante : vous êtes soupçonné d'avoir, voilà trois soleils, survolé, frôlé, puis nettement rasé l'enceinte du cimetière de "Nous-Verrons". Vous vous êtes finalement posé à l'intérieur du cimetière où vous avez à loisir[1] déterré et mangé le cadavre de Mme Hyène-Mère, et cela en violation du décret-bulle de Sa Majesté l'Empereur Lion XVIII !

Eu égard aux[2] autres présomptions qui pèsent sur vous, je vous inculpe de vandalisme[3] d'abord, de vampirisme ensuite.

– Éminence, quelles sont donc les autres présomptions qui pèsent contre moi ?

– Je ne vous permets pas de me poser des questions ! Ici, c'est moi qui les pose. Et je vous commande d'y répondre, si vous ne voulez pas vous voir mis à la disposition du Vicomte Plumassier[4] de Plumasserie, car lui, il saura vous faire parler, je vous le garantis ! »

Sur ce, la Baronne Hyène de Train Arrière Surbaissé, très heureuse de voir le Duc de Vautour en si mauvaise posture, demanda à compléter sa déposition.

« Vous avez la parole, Baronne, lui dit Son Éminence.

– Tout à l'heure, dit la Hyène, n'ayant pas de preuves formelles attestant que le Duc de Vautour avait bien menacé Mme Effraie, je craignais de dire tout ce que je pense de lui dans l'affaire concernant ma pauvre mère. Mais plus de trente Hyènes m'ont dit que seul le Duc de Vautour avait pu déterrer et manger son cadavre... D'ailleurs, rien qu'à sentir la pes-

1. **À loisir :** tranquillement, en prenant tout votre temps.
2. **Eu égard aux :** compte tenu des.
3. **Vandalisme :** délit qui consiste à détruire ou abîmer des édifices publics.
4. **Plumassier :** dont le métier est de vendre ou de travailler les plumes.

tilence[1] qu'il répand, je ne puis plus douter que c'est bien lui qui a commis ce forfait ! »

Son Éminence approuva d'un hochement de tête les dires de la Baronne et l'assura que la justice ne faillirait[2] point. Puis elle s'adressa au Duc de Vautour :

« Vous êtes fait, mon ami ! Votre aspect hideux[3], votre bec long et crochu, vos serres[4] redoutables sont autant d'indices accablants contre vous.

– Condamnez-moi donc, puisqu'il vous faut une victime, riposta le Duc. Mais, permettez-moi de vous le dire, le procédé qui consiste à ne pas me révéler les autres soupçons qui pèsent sur moi est une véritable contrefaçon[5] de la justice ! Si Votre Éminence – sauf le respect que je lui dois – se donnait la peine de réfléchir, elle se rendrait compte que ma vue de "voilier-planeur", si perçante soit-elle, ne peut déceler qu'un cadavre abandonné à découvert[6]. Or il me semble que le cadavre de Hyène-Mère était enfoui sous terre... D'autre part, mon bec est crochu, certes, mais pas si long que cela ; il est donc doublement impropre à[7] déterrer.

Finalement, sur quels faits se base-t-on pour m'accabler ? Sur mon aspect dit «hideux» et mon odeur dite "pestilentielle" ? Il est curieux que ce soient là les seuls arguments valables à m'opposer pour me suspecter, m'accuser, et surtout me condamner ! Je vous croyais, Éminence, assez "haut sur pattes" pour apercevoir la vérité de loin et la distinguer de l'erreur.

1. **Pestilence :** odeur abominable.
2. **Ne faillirait :** ne commettrait pas de faute, resterait sans faille.
3. **Aspect hideux :** apparence affreuse.
4. **Serres :** griffes (pour les rapaces).
5. **Contrefaçon :** parodie, mauvaise imitation, fausse interprétation du droit et de la justice.
6. **À découvert :** en surface.
7. **Impropre à :** incapable de.

Pour m'incriminer[1] formellement[2] d'avoir déterré et dévoré le cadavre de sa mère, la Baronne Hyène de Train Arrière Surbaissé s'est contentée ici, à la fourche de déposition, de faire état de mon odeur. Si c'est à l'odeur que l'on reconnaît les déterreurs de cadavres, alors il me semble que l'odeur de la Baronne elle-même est de loin plus nauséabonde[3] que la mienne... Et si mon bec et mes serres ne sont pas aptes à déterrer, il en va tout autrement des pattes et des mâchoires de la Baronne, sans parler du fait que le cadavre a été déterré et mangé la nuit. Or aucun des miens, y compris mon cousin Vautour Barbu, ne fait partie des «nocturnes». Nous cessons toute activité avec le coucher du soleil...

De plus, Éminence, si vous daigniez consulter le fichier secret de la Brigade de Surveillance du Territoire animal, vous auriez la preuve irréfutable[4] que les Hyènes sont un peuple qui vit de charognes et de cadavres déterrés. Et pour ce qui est de l'odeur, les Hyènes ont été déclarées inaptes[5] au Service militaire des Ménageries en raison de leur fétidité[6] ! »

Son Éminence, visiblement remuée par ce discours, coula un regard énigmatique vers la Hyène :

« Qu'avez-vous à répondre, Madame la Baronne ? »

Avant que la Baronne ait eu le temps de dire un mot, M. Hibou, commissaire de police, chef de la Brigade nocturne et de la Sûreté générale de l'Empire, survint en trombe pour remettre d'urgence un rapport à Son Éminence le Juge Cigogne à Sac. Ce dernier parcourut rapidement le rapport, puis regarda attentivement le Duc de Vautour :

1. **M'incriminer :** m'accuser du crime.
2. **Formellement :** catégoriquement, sans l'ombre d'une hésitation.
3. **Nauséabonde :** dégoûtante.
4. **Irréfutable :** indiscutable, incontestable.
5. **Inaptes :** incapables d'accomplir.
6. **Fétidité :** odeur épouvantable.

« Monsieur le Duc, votre intérêt même est de dire tout ce que vous savez sur cette affaire. Je commence à croire... mais je ne peux achever...

– Éminence, dit le Duc, j'habite dans un arbre tout proche du cimetière de "Nous-Verrons". J'étais déjà perché dans ses hautes branches quand Hyène-Mère fut enfouie sous terre. J'y étais aussi la nuit où celui qui l'a déterrée a pénétré dans l'enceinte du cimetière. Comme je ne dormais pas encore, je sais exactement à quel endroit il l'a mangée, car un éclair a brusquement déchiré les ténèbres alors que le vampire venait d'achever son repas. Son train arrière était nettement surbaissé ; mais je jure que celui que j'ai vu n'avait ni la taille de Mme Chamelle ni celle de Mme Girafe. Donc, aucune confusion n'est possible avec ces deux honorables dames dont le train arrière est également surbaissé.

Je ne suis d'ailleurs pas le seul à avoir aperçu le vampire. Dame Effraie, de la Brigade nocturne de la Police féminine, en a vu tout autant que moi. Voilà pourquoi je l'ai mise en garde : je l'ai menacée de la dénoncer au cas où elle n'accomplirait pas son devoir d'information. Mais j'ai maintenant toutes les raisons de croire qu'elle a dûment fait son compte rendu au Commissaire Hibou.

Si donc la Baronne Hyène de Train Arrière Surbaissé maintient plus longtemps ses accusations gratuites à mon encontre, je hurlerai le nom du coupable – bien que ce coupable sache hurler infiniment mieux que moi-même ! »

Son Éminence se tourna de nouveau vers la Baronne :

« Qu'avez-vous à opposer aux nouvelles déclarations du Duc de Vautour ?

– Éminence, je suis tout à fait comblée par les déclarations du Duc de Vautour ! Je viens en effet d'acquérir la certitude que la tombe de ma mère était bien gardée, ce qui est d'un grand réconfort pour moi. Je sais donc tout ce que je voulais savoir... Cela dit, je trouve que les débats ont trop duré. Or, toute affaire qui traîne en longueur finit par se gâter[1]. À trop frapper sur la peau du tam-tam, on finit par la crever, faussant ainsi la musique que l'on est en train de jouer.

Pour obliger tout le monde, je retire donc ma plainte et demande comme une faveur à Sa Majesté notre Empereur Lion XVIII d'ordonner que l'affaire soit classée sans suite[2]. »

Pendant que la Baronne, la bouche écumante[3], pérorait ainsi[4], Sa Majesté Lion XVIII était resté plongé dans la lecture du rapport confidentiel que venait de déposer devant lui le Commissaire Hibou. Lorsqu'il eut terminé sa lecture, son comportement même témoignait de son embarras : bâillant à s'en décrocher la mâchoire, il tira longuement sa langue au-dehors, puis dénuda ses crocs comme pour prouver à l'assistance qu'ils étaient au complet et fort bien plantés... Enfin, ayant recouvré[5] son calme habituel, il fit suspendre la séance afin de permettre aux membres du tribunal de délibérer dans le secret avant de se prononcer en public.

Quelques instants plus tard, l'audience reprit. Son Éminence le Juge Cigogne à Sac lut le verdict[6] du tribunal :

VERDICT

– Attendu que[7] les dépositions de la Baronne Hyène de Train Arrière Surbaissé et du Duc de Vautour de Crâne Chauve ont été entendues, ainsi que les interrogatoires et confrontations

1. **Se gâter :** se détériorer, s'abîmer ; ici, voir son issue contrariée.
2. **Classée sans suite :** considérée comme terminée.
3. **Écumante :** pleine de bave mousseuse.
4. **Pérorait :** parlait ainsi longuement et de manière ennuyeuse.
5. **Recouvré :** retrouvé.
6. **Verdict :** jugement rendu par la cour de justice.
7. **Attendu que :** en raison de (terme juridique), après avoir bien considéré.

auxquels Son Éminence le Juge Marabout de Cigogne à Sac a procédé, l'affaire de Hyène-Mère est suffisamment mise en lumière pour être jugée ;

– Attendu que le rapport ultraconfidentiel déposé par le Commissaire-Chef de la Sûreté générale de l'Empire, le Vicomte Hibou de Chouette, a souligné que cette affaire relevait éminemment[1] de la Raison d'État, le coupable étant politiquement tabou[2] en raison de son appartenance aux « Gros » du régime et de son statut de protégé des « Gras » de l'Empire ;

– Attendu que Sa Majesté Lion XVIII a déclaré qu'elle préférait commettre une injustice plutôt que de donner à croire aux « Petits » qu'ils pouvaient échapper à la loi naturelle et éternelle qui fait d'eux la proie intermittente[3] des « Grands » ;

– Attendu que cette loi est toujours en vigueur dans toutes les provinces de l'Empire, aussi bien celles des Eaux-Douces que des Eaux-Salées, aussi bien celles de Terre-Ferme que celles d'Entre-Terre-et-Ciel ;

– Attendu que l'article 33 du Code d'Entraide et Protection mutuelle des « Grands » n'a jamais été abrogé[4] depuis que le monde a été divisé en « zone administrante » et « zone administrée », la première étant occupée par les « Forts » et la seconde par les « Faibles » ;

– Attendu que le paragraphe 12 dudit[5] article a été renforcé en long, en large et en hauteur à l'insu de[6] la masse[7] ;

– Attendu que, du témoignage de tous les conteurs, voyants et sorciers de tous les siècles successifs, il a été établi – qu'on

1. **Éminemment :** complètement, absolument.
2. **Politiquement tabou :** ne pouvant faire l'objet d'aucune critique ni d'aucune poursuite.
3. **Intermittente :** occasionnelle, au coup par coup (c'est-à-dire quand ils sont chassés).
4. **Abrogé :** annulé.
5. **Dudit :** désigne ce que l'on vient de citer (c'est-à-dire l'article 33).
6. **À l'insu de :** sans que la masse le sache.
7. **La masse :** l'ensemble des individus.

le veuille ou non, qu'on l'affiche ou qu'on le cache – que dans tous les pays du monde et de tous temps, l'Autorité n'a jamais fait et ne fera jamais que changer de nom sans jamais changer de manière d'être et d'agir ;

– Attendu que l'Autorité ne peut cesser de sévir[1] *sous peine de mourir :*

L'Empereur Lion XVIII,

assisté de ses Juges au garde-à-vous

et agissant au nom du présent tribunal,

décide :

– que l'affaire de Hyène-Mère sera purement et simplement rangée parmi les affaires qui se sont terminées en queue de poisson ;

– qu'en conséquence elle sera soigneusement étouffée, jusqu'à ce que l'oubli total se fasse sur elle.

La présente décision est confiée à la diligence[2] *des agents nantis*[3] *des pouvoirs discrétionnaires*[4] *délégués*[5] *par l'Autorité impériale.*

Il en est ainsi jugé et décidé, étant précisé que tout appelant contre ce jugement ne pourra que décéder dans des conditions mystérieuses.

---

1. **Sévir :** punir, sanctionner.
2. **À la diligence :** aux bons soins et à la vigilance.
3. **Nantis de :** disposant de.
4. **Pouvoirs discrétionnaires :** pouvoirs absolus, sur lesquels ne s'exerce aucun contrôle, et laissés au bon plaisir de ceux qui les possèdent.
5. **Délégués :** transmis.

Fait les jour et mois que dessus, en l'An Démon-Cracheur d'égalité horizontale des êtres, compte non tenu de leur valeur verticale.

L'Empereur,

signé :
Lion XVIII

Le Juge,

signé :
Son Éminence le Marabout de Cigogne à Sac

Pour copie conforme[1] *à ne pas publier sous peine de soixante-dix-sept coups de trique*[2] *appliqués sur la partie la plus charnue de l'individu.*

Le Greffier en chef

signé :

Marquis de Gobe-Mouches à Bec Aplati

---

1. **Copie conforme :** reproduction exacte de ce qui est écrit.
2. **Trique :** gros bâton.

POUR APPROFONDIR

POUR APPROFONDIR

Clefs de lecture

« La Querelle des deux lézards »

Action et personnages

1. Faites la liste des personnages. Répartissez-les en différents groupes.
2. Pourquoi le coq, le bouc, le bœuf et le cheval refusent-ils de séparer les deux lézards ? Nommez le trait de caractère qu'ils ont en commun.
3. Pourquoi le chien ne peut-il pas séparer lui-même les deux lézards ? De quelle qualité fait-il ainsi preuve ?
4. Pourquoi le chien est-il « désemparé » et triste (l. 117 à 120) ?
5. Qui a été puni ? Pour quelle faute et de quelle façon ?
6. Qui a été récompensé ? Pour quelle action et de quelle façon ?

Genre ou thèmes

7. À quelle époque le conteur situe-t-il cette histoire ?
8. Relevez les mots et les expressions qui permettent de situer ce conte dans un pays d'Afrique.
9. En quoi consistent « les derniers devoirs » (l. 175) que le maître de famille doit rendre à sa mère qui vient de mourir ? Indiquez les différentes étapes des funérailles.
10. Pourquoi peut-on dire que cette histoire appartient au genre du conte ? Quelle est sa fonction ?

Écriture

11. Le chien a noté précisément sur un cahier les différents événements auxquels il a participé ou assisté. Il a indiqué l'heure et la date à chaque fois. Rédigez les paragraphes de ce journal de bord qui débute ainsi : « 1er octobre : le vieux sage du village situé à deux jours de marche est mort. »
12. Rédigez un petit article pour le journal de votre collège. Vous raconterez un événement dont vous avez été témoin dans la cour de récréation et qui vous paraît parfaitement illustrer l'adage africain : « Il n'y a pas de petite querelle, comme il n'y a pas de petit incendie. »

À retenir

Les héros des contes sont parfois des **animaux** auxquels on donne des caractéristiques humaines : ils parlent, réagissent, éprouvent des sentiments, ont des désirs, des défauts et des qualités propres à l'homme. Ils se comportent donc comme des humains en conservant leurs particularités animales. Ce procédé s'appelle la **personnification**. Par ce moyen, le conteur met malicieusement en valeur certains défauts humains et permet au lecteur d'en rire plus librement.

Clefs de lecture

« Le Roi qui voulait tuer tous les vieux »

Action et personnages

1. Pourquoi le roi M'Bonki ordonne-t-il de tuer tous les vieux ? Pourquoi les jeunes gens lui obéissent-ils sans protester ?
2. Comment Taasi protège-t-il son père ? Pourquoi n'a-t-il pas obéi au roi ?
3. Combien de missions M'Bonki impose-t-il ensuite à ses jeunes sujets ? Proposez un titre pour chacune. Qu'est-ce qui peut justifier que le roi exprime de tels ordres ?
4. Qu'est-ce qui a permis au roi M'Bonki de comprendre son erreur ?

Genre ou thèmes

5. Relevez les passages où le conteur met en évidence le respect que Taasi manifeste à l'égard de son père.
6. À quelle qualité la vieillesse est-elle associée ?
7. Expliquez les expressions : « un pays privé de vieux sages est comme un voyage par une nuit sans lune » (l. 213-214) et « Nul ne peut voir tout seul le sommet de son crâne » (sous-titre, p. 25).

Langue

8. Cherchez l'origine du mot « mânes » et expliquez en quoi consistait « l'invocation des mânes des ancêtres » (l. 51-72).

Écriture

9. Imaginez et racontez un conte qui partirait de la situation inverse : un vieux roi a ordonné d'exécuter tous les jeunes.

À retenir

Les **contes** appartiennent à la tradition populaire. On ne connaît donc pas bien l'origine de la plupart d'entre eux. En Afrique, ce sont d'abord les **griots** (poètes et musiciens) qui les ont transmis **oralement** pendant des générations, avant qu'ils soient recueillis, adaptés à l'écrit et publiés. Ils ont pour fonction essentielle de **divertir** en provoquant des émotions. Ils servent en même temps à **instruire**, à diffuser une **culture** propre à une civilisation, à donner des **valeurs morales**, et à enseigner indirectement des **règles de conduite** en indiquant ce qu'il ne faut pas faire

Clefs de lecture

« Le Cadavre de Hyène-Mère »

Action et personnages

1. Faites la liste de tous les personnages par ordre d'apparition dans le conte. Indiquez leur nom, leur titre (duc, colonel...), leur lieu de naissance et leur espèce.
2. Pour quelle raison, à votre avis, Hampâté Bâ a-t-il fait intervenir autant de personnages dans son conte ?
3. Quel projet de loi la Baronne Hyène de Train Arrière Surbaissé veut-elle faire adopter ? Pourquoi ce projet de loi est-il absurde, venant d'elle ?
4. Pourquoi M. Dingo irrite-t-il le roi Lion XVIII ?
5. Qui est le plus grand ennemi du roi Lion XVIII ?

Genre ou thèmes

6. Relevez et commentez un passage dans lequel le comique de situation domine, un autre dans lequel le comique de geste est mis en valeur et un troisième qui insiste sur le comique de caractère.
7. Amadou Hampâté Bâ s'amuse beaucoup avec les noms qu'il a donnés à ses personnages. Relevez-les et expliquez comment il a créé ses jeux de mots.

Écriture

8. Imaginez que d'autres espèces animales (les insectes, les batraciens, les reptiles...) aient été convoquées au tribunal. Sur le modèle de celle du Comte de Bœuf Sauvage (l. 154 à 228), rédigez les dépositions.
9. Hampâté Bâ s'est amusé à développer un conte très court qu'il avait entendu dans sa jeunesse et dans lequel il n'y avait ni décret, ni procès, ni déposition et seulement quatre personnages principaux en plus de la Hyène-Mère. Rédigez un petit conte en partant de ce schéma.

À retenir

Les adjectifs qualificatifs permettent de donner des informations supplémentaires sur les noms ou pronoms qu'ils qualifient, en leur apportant des précisions, des nuances positives ou négatives. L'adjectif peut être épithète et placé près du nom qu'il qualifie ; il peut être attribut et séparé du nom par un verbe ; il peut être en apposition et séparé du nom par une virgule.

Clefs de lecture

« La Justice des Grands »

Action et personnages

1. Pourquoi, alors qu'elle est coupable, la Hyène vient-elle au début du conte se lamenter auprès du roi Lion XVIII ?
2. Reprenez la liste des personnages et indiquez pour chacun sa fonction (juge, témoin, suspect…) dans le procès.
3. Quel alibi chacun des suspects met-il en avant pour être innocenté ?
4. Pourquoi la Baronne Hyène de Train Arrière Surbaissé n'a-t-elle finalement pas été déclarée coupable ?
5. La fin du conte était-elle attendue ? En quoi est-elle choquante ? Comment s'explique-t-elle ?

Genre ou thèmes

6. Quel crime juge-t-on ? Cela peut-il être considéré comme un crime dans le monde des animaux ?
7. Sur quels faits se base-t-on pour accuser le Duc de Vautour ? Comment nomme-t-on ce type d'accusation ?
8. Faites une recherche sur le déroulement d'un procès en France. Celui du conte correspond-il à la réalité ? Indiquez les ressemblances et les différences éventuelles.

Écriture

9. Vous préparez une adaptation théâtrale de ce conte. Choisissez l'un des personnages et réécrivez sous forme de dialogue de théâtre le passage dans lequel il fait sa déposition. Ajoutez les indications scéniques qui conviennent.

À retenir

Les **contes facétieux** mettent en évidence les déviances d'une institution (comme la justice ou l'armée) ou le comportement grossier et inadapté d'un personnage important (comme un responsable politique ou religieux) qui devrait être un modèle, un exemple et une référence pour ses compatriotes. Ils ont donc une **portée satirique** : le conteur grossit les défauts et dénonce les comportements en les exagérant et en s'en moquant afin de provoquer le rire et l'adhésion de son public.

Genre, action, personnages

Genre et registres

Les contes ont toujours fait partie de la vie d'Amadou Hampâté Bâ. Ils ont accompagné son enfance, ils ont participé à son éducation et à son épanouissement. Ils lui ont permis d'éveiller sa curiosité, de susciter des questions et des réflexions. Ils sont venus se mêler dans son esprit aux chroniques historiques, aux récits de guerre, aux épopées, diffusés par les *doma*, ces « hommes de connaissance » traditionalistes, et les musiciens qui animaient les veillées dans la cour de son beau-père, à Bougouni ou à Bandiagara. Ils ont permis au petit garçon de se situer, de comprendre quelle était sa place aussi bien dans ses origines de petit Africain que dans son histoire familiale et dans sa quête existentielle. Ils lui ont ouvert les yeux sur un monde beaucoup plus vaste que le sien, lui ont fait franchir des frontières indéfinies, principalement celles de l'imagination et du raisonnement. Ils ont provoqué en lui les interrogations humaines essentielles qui permettent à chacun de se construire en tant qu'homme ou femme.

Une littérature orale

On ne sait pas d'où proviennent exactement *Les Nouveaux Contes de la savane*. Ils font en effet partie de ce patrimoine culturel uniquement transmis oralement depuis des générations par les griots et les maîtres à penser du Sud-Ouest africain, et conservé durant des siècles dans la mémoire collective. Ils appartiennent donc à un genre se rattachant à la littérature traditionnelle, c'est-à-dire connue de tous et à l'usage de tous, mais aussi prise en charge, méditée et commentée par les auditeurs qui se l'approprient, puis de nouveau la recréent et la diffusent. Ce genre, qui n'est pas réservé aux enfants, aborde toutes sortes de problèmes du quotidien, aussi bien politiques, philosophiques que spirituels. Il se fait donc le porte-parole de chacun, s'intéresse aux valeurs collectives, prévient et guérit les maux de la société, les conflits générationnels, et réduit ainsi les tensions.

On ne sait pas non plus quand Amadou Hampâté Bâ a « couché » cette parole africaine sur le papier, pour reprendre l'une de ses expressions. Ces textes sont restés pendant des dizaines d'années en état de veille dans ses cahiers personnels[1] avant d'être publiés en recueils. Les Européens n'ont pu les lire qu'à la fin du XXe siècle et finalement assez tard, bien après les contes traditionnels asiatiques ou russes, par exemple, ou les contes orientaux traduits en langue française et édités dès le XVIIIe siècle[2].

Des contes africains

Mais, comme l'indique le titre, les trois textes de ce recueil ont bien pris naissance dans la savane africaine. Pour cela, il n'y a aucun doute. On y trouve les cases des maisonnées, où vivent les grandes familles constituées du père, de ses épouses et de leurs enfants, et aussi des grands-parents, des oncles, des tantes, des cousins, et éventuellement des amis fidèles, les « oncles » à la mode africaine. On y parle de la haute brousse, des vaches blanches du Sahel, on s'y donne rendez-vous sous le baobab, on y rencontre la hyène, l'éléphant et le lion. On a affaire à des marabouts, des guérisseurs et des rois, des sages et de vieilles mères qui reçoivent les plus grandes marques de respect de la part de leurs fils, comme l'exigent la coutume et la religion. On y est fidèle à des rituels bien étranges pour nous, Européens, et à des règles d'obéissance absolue. On y pratique des sacrifices religieux et on y prodigue des soins qui nous paraissent surprenants, en tout cas très éloignés de notre médecine habituelle... Au détour de chaque page, de chaque phrase, nous sommes emmenés vers l'Afrique noire, ses paysages et ses coutumes. Et nous avons envie de mieux la connaître.

Une structure reconnue

Mais même si nous nous sommes un peu éloignés de notre univers habituel, nous ne sommes pas pour autant perdus. Car nous reconnaissons dans ces contes une structure qui nous est familière depuis notre enfance. Dans le premier de ces contes nous identifions donc le bon (chien) et les méchants (coq, cheval, bœuf, bouc). Nous avons affaire ensuite à un héros (Taasi) et à son opposant (le jeune roi M'Bonki), ainsi

1. Hélène Heckmann indique qu'ils ont été rédigés de la main d'Amadou Hampâté Bâ à différentes dates s'échelonnant de 1938 à 1960 (voir Éd. Stock, « Pocket », 2000, p. 153).
2. Les contes des *Mille et Une Nuits* ont été publiés entre 1704 et 1717.

qu'à des alliés (le vieux père de Taasi et les jeunes sujets). Tous les personnages sont soumis à des épreuves (la surveillance de la case de la vieille mère par le chien, les exigences de M'Bonki à l'égard de ses sujets...). Nous retrouvons également des formules d'appel (« Au temps où les créatures... »), des situations de départ perturbées par des éléments déclencheurs (le rêve de M'Bonki, la chute des lézards qui provoque l'incendie...) qui font démarrer l'action et s'enchaîner les péripéties. Comme dans beaucoup de contes, la fin est heureuse et donne raison au héros : ainsi, le chien est récompensé, et le jeune roi, ayant compris son erreur, réintègre le vieux sage dans le village et dans sa cour...

Mais le dénouement du conte africain va pourtant au-delà en mettant fin à un problème en même temps qu'à une histoire. Il fait prendre conscience des conséquences périlleuses d'une situation mal gérée, comme dans « La Querelle des deux lézards » ou encore du rôle bien défini d'un individu, d'une classe d'âge, d'un chef, comme dans « Le Roi qui voulait tuer tous les vieux », et de la nécessaire complémentarité des membres d'une société... Il propose des normes morales, dévoile les failles d'un système ou d'une loi, comme dans « Le Cadavre de Hyène-Mère », insiste sur certaines nécessités. Il invite à une plus grande prudence et à davantage de réflexion. Il valorise le bon sens et l'humilité. Il constitue à la fois une distraction et un enseignement.

Un talent de conteur

Dans son autobiographie parue juste après sa mort en 1991[1], Amadou Hampâté Bâ évoque plusieurs fois la fascination qu'exerçaient sur lui les griots, en particulier Danfo Siné[2], poète et « grand maître de la Parole », « merveilleux conteur », qui s'accompagnait de son *dan*, sorte de luth à cinq cordes confectionné avec une moitié de calebasse. Ainsi que le célèbre Koullel, « grand conteur, historien et traditionaliste » auquel il était tellement attaché que ses amis lui avaient donné pour surnom Amkoullel (c'est-à-dire « le petit de Koullel »[3]). Et aussi Diêli Yagaré, la griote personnelle du roi Sy, dont la beauté fascinante et la

1. *Amkoullel, l'enfant peul*, préface de Théodore Monod, Actes Sud, 1991.
2. *Ibid.*, p. 199.
3. *Ibid.*, p. 100.

voix remarquable avaient tant touché l'adolescent de retour au pays[1]. Et également tous les griots musiciens anonymes qui peuplaient la grande place de Kérétel, à Bandiagara, dont on retenait de mémoire les histoires et les poèmes, seulement s'ils étaient beaux[2]... Car le conte doit être beau, et il doit être bien dit.

En Afrique, on ne raconte pas n'importe quand, n'importe où ni n'importe comment. Pour être écouté parfaitement, le conte doit d'abord être court, quitte à être éventuellement développé si l'auditoire s'y prête : c'est d'ailleurs ce qu'a fait Amadou Hampâté Bâ avec « Le Cadavre de Hyène-Mère[3] ». On ne narre pas non plus avec le langage de tous les jours : les conteurs emploient une langue sacrée. De ce fait, le vocabulaire est riche et minutieusement choisi afin d'être expressif. La phrase est rythmée, pour permettre la mémorisation, et musicale pour s'accompagner d'instruments qui la mettent en valeur. Les mots sont sonores pour que la voix les souligne et les amplifie. Toutes les émotions et tous les sentiments passent dans le corps du conteur, car ses gestes et les expressions de son visage sont aussi un langage. Conter est un art, un art sacré.

Ce plaisir partagé de l'écoute musicale, de la parole vivante, du rythme des mots, de la vivacité des dialogues, du langage poétique, Amadou Hampâté Bâ le transmet également dans les contes réécrits qu'il nous propose. Il lance l'histoire puis l'enrichit, avec une jubilation évidente, de nombreuses petites trouvailles très personnelles, de détails inattendus, de descriptions souriantes... Que dire des soupirs du chien devant son énorme part d'os et de viande, du rire frais du jeune roi cruel qui comprend son erreur, et surtout des titres nobiliaires des Grands de la cour de Sa Majesté Lion XVIII, construits sur tant de risibles jeux de mots et allusions... ?

Mais pour que le conte ne traîne pas en longueur et reste fort, Amadou Hampâté Bâ nous détache vite de sa narration. Comme le faisaient les griots. Tel un chef d'orchestre, il abaisse sa baguette et dans une

1. *Ibid.*, p. 481.
2. *Ibid.*, p. 253.
3. Hélène Heckmann donne le texte du conte originel, très court, en annexe de l'édition « Pocket », p. 156.

sorte de pirouette qui ne veut pas s'attarder, sans un mot de trop, il nous quitte, ne nous permettant de garder dans l'immédiat que le goût puissant et plutôt épicé de sa drôle d'histoire, à déguster à l'infini et à savourer tranquillement.

Action et personnages

La parole et les sons

Les personnages qui peuplent les pages des contes africains d'Amadou Hampâté Bâ ont du bagout. C'est-à-dire qu'ils parlent beaucoup, et avec facilité. C'est ce qui les caractérise. Et grâce à cette parole débordante, nous, les lecteurs, nous entrons très vite dans le vif du sujet, nous sommes conviés, appelés, interpellés… Un peu comme si nous nous trouvions au théâtre. Un peu aussi comme si nous nous trouvions dans l'histoire et que nous avions en face de nous ces personnages plein de vie, qu'ils soient hommes ou animaux. Leur parole nous guide dans l'avancement du conte, elle le rythme, elle l'enchante.

La parole laisse de temps à autre sa place à d'autres sons et à d'autres musiques. Avec un soupçon d'imagination, si nous tendions l'oreille, nous pourrions par exemple entendre le petit « bruit étrange » perçu d'abord par le chien dans la case de la mère du maître, et puis les « crachotements furieux », les cris et les lamentations de la famille endeuillée, et jusqu'aux soupirs du chien plein de pitié pour ses camarades sacrifiés. Nous pourrions entendre le lion rugir et bâiller durant le procès, et percevoir le silence oppressé des sujets terrorisés par le roi M'Bonki et son bourreau.

Des personnages de toutes sortes

Les personnages des contes africains sont de tous genres : animaux (« Le Cadavre de Hyène-mère ») ou humains (« Le Roi qui voulait tuer tous les vieux ») ; et même s'ils viennent d'univers différents, ils cohabitent cependant dans la même histoire, se parlent et se comprennent (« La Querelle des deux lézards »). Ils appartiennent à tous les milieux : rois, nobles issus de familles aisées comme c'est le cas dans notre recueil, mais aussi paysans, commerçants… Ils ont tous les âges… Il arrive qu'ils ne soient même pas nés et parlent du ventre de leur mère. Ils peuvent même être minéraux, végétaux, objets, et aussi surnaturels, monstre ou génie, et même symboliques : la Mort ou l'Amour se trouvent parfois présents au cœur de l'action. Ils sont aussi nettement caractérisés : la Hyène, par exemple, est toujours gloutonne et malhonnête, le chien fidèle et patient, le lièvre rusé et maladroit.

L'action initiatrice

Amadou Hampâté Bâ a très souvent défini la fonction des contes africains[1]. Pour lui, le conte est avant tout un « grand livre de la nature », c'est-à-dire un « paysage où chaque détail apparemment insignifiant peut recéler un trésor de significations ». Un même conte peut donc être de nombreuses fois visité, relu ou réécouté et entendu à plusieurs niveaux : d'abord il est distrayant, puis il apprend à penser et à parler, et il est support d'enseignement pour les enfants. Mais il va au-delà : il est aussi initiatique puisqu'il envisage plusieurs moyens d'action, propose des voies différentes, à suivre ou à éviter librement pour accéder à la révélation et résoudre les problèmes ou les conflits qui se déclarent tout au long de la vie. L'action en apparence simple du conte africain permet surtout de découvrir, étape par étape et à tous âges, des significations nouvelles. Elle offre à chacun la possibilité d'analyser les conséquences d'un choix librement effectué. Le conte n'est pas là pour faire la morale mais pour proposer une morale, c'est-à-dire une réponse possible, parmi d'autres, à une épreuve ou un événement particulier qui fait question, individuellement ou collectivement. L'action des contes africains ne se comprend bien et ne s'analyse que dans cette optique.

« En fait, tous les personnages du conte ont leur correspondance en nous-mêmes. [...] Entrer à l'intérieur d'un conte, c'est un peu comme entrer à l'intérieur de soi-même. Un conte est un miroir où chacun peut découvrir sa propre image »[2].

1. Dans de nombreux articles et ouvrages. Voir en particulier la postface du recueil *Petit Bodiel et autres contes de la savane*, Stock, « Pocket », 1994, p. 204 à 215.
2. *Ibid.*, p.209.

Thèmes et textes

Juges, jugements et justiciers dans les contes traditionnels

Les contes africains sont avant tout didactiques, c'est-à-dire qu'ils servent à enseigner les valeurs morales (telles l'obéissance, la bonté, la générosité, la gratitude, l'honnêteté, l'écoute, la discrétion, la maîtrise de soi, l'hospitalité, la justice…) considérées comme essentielles dans les sociétés traditionnelles. Tout en amusant les auditeurs, ils leur dictent les règles indispensables à la vie en communauté et fondamentales pour l'épanouissement de chacun. Ils abordent donc tous les aspects de la vie quotidienne, aussi bien privés que publics.
Nous allons découvrir comment les contes chinois, russes, européens ou orientaux transmettent ces valeurs à travers le thème de la justice.

Pour approfondir

Documents

❶ **Conte chinois :** « Le Sage Conseiller », extrait des ***Contes chinois précédés d'une histoire pittoresque de la Chine***, recueillis et traduits par Charles Richomme (1844).

❷ **Conte russe :** « Le Jugement du renard », extrait de ***Contes et fables***, de Léon Tolstoï, traduits par E. Halpérine-Kaminsky (1888).

❸ **Conte allemand :** « Le Juge et le diable », extrait de ***Contes populaires de différents pays***, recueillis et traduits par Xavier Marmier (1880).

❹ **Conte égyptien :** « Les Babouches », extrait des ***Contes d'Orient et d'Occident***, recueillis et traduits par Jean Grange (1878).

Le vieil empereur Chun est inquiet : il se demande s'il a les vertus nécessaires pour bien gouverner, et si ses ministres sont intègres et l'aident comme il convient dans cette tâche difficile. Son Premier ministre, le mandarin Yu, lui suggère de tester discrètement leur vertu et leur sincérité :

1 Le sage Conseiller

Le projet de Yu était fort simple et ne manquait pas d'originalité. L'empereur mettrait en disgrâce[1] un de ses plus vertueux conseillers. Ceux qui auraient le courage de le défendre, ceux qui seraient assez infâmes pour accabler un innocent, révéleraient ainsi, sans s'en douter, leurs bons ou leurs mauvais sentiments.

Le lendemain, l'empereur Chun s'en prend donc avec virulence au ministre surintendant[2] de la Musique, le mandarin Koueï, qui est absent.

« Koueï est malade, dit le Premier ministre ; il n'a pu rester à l'audience[3] de l'empereur.

– Lui aussi ne remplit pas ses devoirs. Je l'ai mis à la tête d'un ministère important ; j'ai voulu qu'il enseignât la musique aux enfants des princes et des grands, mais il ne tient pas compte de mes ordres, et les enfants n'apprennent rien.

– Koueï est cependant fort savant et très habile sur les instruments, dit Tchoui, l'intendant[4] des Travaux publics.

– Ce que l'homme sait, reprit gravement l'empereur, n'est rien en comparaison de ce qu'il ne sait pas. D'ailleurs Koueï a tenu des discours qui ne devaient pas se trouver dans sa bouche. J'ai une extrême aversion pour ceux qui ont une mauvaise langue ; ils sèment la discorde et nuisent aux honnêtes gens. Pourquoi le ministre de la Censure publique[5] ne m'en a-t-il pas averti ? »

1. **Mettrait en disgrâce :** priverait le conseiller des faveurs dont il jouissait jusqu'à présent.
2. **Surintendant :** personnage très haut placé chargé de surveiller le fonctionnement d'une administration (ici les arts du spectacle, de la musique).
3. **Audience :** séance de travail.
4. **Intendant :** fonctionnaire chargé de l'administration financière (d'un établissement ou d'une fonction publique).
5. **Censure publique :** contrôle exercé sur les manifestations publiques (culturelles, politiques, sociales...) afin que rien de ce qui puisse être dit de mauvais pour l'État ou pour une personne haut placée ne soit divulgué.

Le mandarin[1] Loung, chargé de ces hautes fonctions, s'empressa de se disculper[2] : Koueï, dit-il, lui était en effet suspect depuis quelque temps, mais on ne pouvait croire à tant d'audace. [...] L'étonnement des courtisans, en le [Koueï] voyant en butte à la colère de l'empereur, était fort concevable ; mais la plupart ne cherchèrent même pas à disculper leur collègue, qui pouvait avoir été compromis par d'infâmes dénonciations. Le maître avait parlé : cela suffisait. Alors ce fut à qui jetterait la pierre au mandarin disgracié.

Koueï est sans doute un homme de talent, disait l'un, mais il est plein d'orgueil ; il ne respecte rien dans ses paroles, pas même la majesté impériale. – Il n'est pas le seul dans l'empire, ajoutait un autre, qui puisse remplir les fonctions de surintendant. – Sa conduite d'ailleurs est-elle à l'abri du reproche ? – Il est envieux de tout mérite. – Il se croit plus savant en musique que l'illustre Chun.

[...] Le ressentiment du prince semblait s'augmenter avec le nombre des accusateurs de l'infortuné Koueï. Yu et ses collègues, à l'exception du Grand Juge et du ministre de la Censure publique, défendirent seuls le surintendant de la Musique impériale. Le vieil empereur les repoussa avec dédain. Les adversaires de Koueï triomphaient, et chacun d'eux s'attribuait déjà les dépouilles de l'ennemi vaincu. [...]

Puis [l'empereur], s'adressant au ministre de la Justice :

« Kao-yao, je vous ai nommé Grand Juge ; c'est à vous de punir les crimes et les mauvaises actions. Que le surintendant Koueï soit arrêté par vos officiers, et qu'il soit jugé d'après les lois du royaume. Allez et obéissez. »

Kao-yao, qui désirait la place de surintendant pour son fils, s'empressa de sortir, et les autres courtisans le suivirent, les uns glorieux de la chute de Koueï et perdus dans leurs rêves d'ambition, les autres aussi étonnés qu'affligés de la disgrâce de leur ami, et résolus à tout entreprendre pour dessiller[3] les yeux de l'empereur. [...]

1. **Mandarin :** titre donné aux hauts fonctionnaires, civils ou militaires, dans la Chine ancienne.
2. **Se disculper :** se défendre.
3. **Dessiller :** ouvrir les yeux, faire voir la vérité en face.

Le bruit de la disgrâce de Koueï se répandit bientôt dans la ville. Les méchants, les ambitieux, les envieux se réjouirent de cette grande infortune ; les honnêtes gens, ayant à leur tête le mandarin Fang-tsi, accompagnèrent le surintendant jusqu'à la prison impériale et revinrent adresser à sa famille des paroles de consolation.

Les premiers redoublaient leurs calomnies contre Koueï et vantaient à haute voix la prudence du souverain ; les autres invoquaient la justice de l'empereur abusé, en se faisant caution[1] de l'innocence du mandarin.

Le mandarin Fang-tsi, un vieillard vénéré, puis la femme et la fille du malheureux Koueï sont venus supplier l'empereur, qui est demeuré impassible. Le jugement commence.

« Kao-yao, et vous tous, dispensateurs de ma justice souveraine[2], si vous croyez Koueï coupable, quel châtiment doit-on lui infliger ? »

Une multitude immense venait d'envahir la vaste cour au fond de laquelle s'élevait le trône impérial sous un hangar fait de bois et de terre. Le silence le plus profond régnait au milieu de la foule, lorsque le Grand Juge dit d'une voix haute, mais tremblante :

« L'empereur doit condamner Koueï au supplice de la cangue[3], à la confiscation[4] et à l'exil : Koueï a proféré des paroles maudites contre le divin Chun. Qu'il soit puni, car il est coupable. »

La foule s'agita en murmurant ; on entendit deux cris terribles : la femme de Koueï et sa fille tombaient évanouies. Le mandarin pâlit et versa quelques larmes, puis, honteux de sa faiblesse, il releva la tête et regarda l'empereur d'un air calme.

Chun, appuyé sur son Premier ministre, était debout, les yeux étincelants, le visage coloré ; et, agitant la main droite avec colère :

« Non ! s'écria-t-il d'une voix éclatante, non, il ne sera point puni, car il n'est point coupable. Ah ! misérables conseillers qui punissez l'in-

1. **Se faisant caution :** se portant garant, défendant énergiquement.
2. **Dispensateurs de ma justice souveraine :** vous qui rendez la justice (en faisant respecter les lois de mon empire).
3. **Cangue :** en Chine, carcan qui emprisonnait la tête et les mains des prisonniers. Ils étaient exposés ainsi en public, ce qui était très humiliant.
4. **Confiscation :** privation de tous ses biens.

nocent sur la parole du maître, sans preuves, sans conscience, pour satisfaire votre haine et votre ambition ! Allez, disparaissez à jamais de ma présence. L'empereur, dans sa clémence, ne vous imposera point d'autre châtiment. »

Et se tournant vers les mandarins assemblés autour de lui :

« Le maître peut se tromper ; c'est aux bons serviteurs à lui faire connaître son erreur, même en bravant sa colère. Car s'il commet des injustices, à qui les peuples auront-ils recours ? »

Charles Richomme, *Contes chinois précédés d'une histoire pittoresque de la Chine* (1844)

2 Le jugement du renard

Un moujik[1] déposa une plainte contre le mouton. Le renard occupait alors les fonctions de juge. Il fit comparaître devant lui le moujik et le mouton, et se fit expliquer le cas.

« Parle ! dit-il au moujik, de quoi te plains-tu ?

– Voici, dit le moujik. L'autre matin, je me suis aperçu qu'il me manquait deux poules ; je n'en ai retrouvé que les os et les plumes, et pendant la nuit, le mouton seul était dans la cour. »

Le renard, alors, questionna le mouton. L'accusé, tremblant, demanda grâce et protection au juge.

« Cette nuit, dit-il, je me trouvais, il est vrai, seul dans la cour ; mais je ne saurais répondre au sujet des poules ; elles me sont d'ailleurs inutiles, puisque je ne mange pas de viande. Appelez tous les voisins, ajouta-t-il, et qu'ils disent s'ils m'ont jamais tenu pour un voleur. »

Le renard questionna longtemps encore le moujik et le mouton sur cette affaire, puis il ajouta sentencieusement[2] :

« Toute la nuit, le mouton est resté avec les poules, et comme les poules sont très appétissantes, l'occasion était favorable ; je juge, d'après ma conscience, que le mouton n'a pas pu résister à la tentation. Par conséquent, j'ordonne d'exécuter le mouton, de donner la chair au tribunal et la peau au moujik. »

Léon Tolstoï, *Contes et fables* (1888)

1. **Moujik :** paysan russe, à l'époque des tsars.
2. **Sentencieusement :** d'une manière solennelle.

3 Le juge et le diable

Dans une ville d'Allemagne il y avait un homme nommé Schwarz, qui possédait des coffres pleins d'or et d'argent et qui était si dur envers les pauvres, si vicieux, si méchant, qu'on s'étonnait que la terre ne l'eût pas encore englouti. Cet homme exerçait les fonctions de juge et dans cette noble charge commettait toutes sortes d'iniquités[1].

Un matin il sortit pour aller voir ses vignes et, chemin faisant, rencontra le diable vêtu comme un seigneur. Schwarz lui fit un grand salut et lui demanda poliment qui il était et d'où il venait.

« Mieux vaut pour vous, répliqua l'élégant inconnu, que je ne réponde pas à ces questions.

– Et s'il me plaît que vous y répondiez, reprit le juge, il faudra bien vous y décider. Je suis ici tout-puissant et personne n'ose me résister. Je puis à l'instant, si cela me convient, vous faire arrêter et vous réduire au dernier dénuement.

– S'il en est ainsi, répondit l'inconnu, je cède à votre curiosité. Vous me demandez qui je suis, sachez donc que je suis le diable.

– Hum ! reprit le juge, et que viens-tu faire ici ?

– C'est aujourd'hui dans votre ville jour de marché. J'y viens prendre tout ce qui me sera sérieusement donné.

– Soit ! reprit le juge, fais ta besogne. Je n'ai nulle envie de t'en empêcher. Mais je veux t'accompagner pour voir ce qu'on te donnera.

– Tu ferais mieux de ne pas assister à ce spectacle.

– Je veux voir comment tu prends ce qu'on te donne. Je le veux absolument, dût-il m'en coûter la vie.

– Eh bien, allons. »

Tous deux se dirigèrent alors vers la place du marché où il y avait une quantité de gens, achetant ou vendant. Tous s'inclinèrent humblement devant le juge redouté et devant l'étranger qui l'accompagnait.

Schwarz se fit apporter deux verres de vin et en présenta un au diable, disant :

« Tiens, prends, voilà ce que je te donne. »

Mais le diable le refusa sachant que cela n'était pas franchement donné.

---

1. **Iniquités :** injustices.

Près d'eux passe une paysanne conduisant un veau rétif[1] qui tirait sur sa corde, courait à droite et à gauche et fatiguait tellement la pauvre femme que, dans un accès de colère, elle s'écrie :

« Ah ! méchant animal, que le diable te prenne !

– Entends-tu ? dit le juge à son infernal compagnon, prends ce veau. Il est à toi.

– Non, répond le diable. Il ne m'est point sérieusement donné. Si je le prenais, cette femme le regretterait longtemps. »

Un peu plus loin, une mère réprimande son enfant et, le voyant rebelle à sa leçon, s'écrie tout à coup avec un accent de désespoir : Va-t'en au diable !

« Voilà, dit- le juge, un enfant qui t'est bien livré. Prends-le.

– Non, répond le diable, il ne m'est point livré sérieusement. Si je le prenais, sa malheureuse mère ne cesserait de pleurer. »

Schwarz et son compagnon continuent à cheminer au milieu de la foule et rencontrent deux ouvriers qui se disputaient avec fureur. L'un d'eux, après avoir accablé d'injures son antagoniste[2], lui dit : En voilà assez, que le diable t'emporte !

« Prends ce vigoureux garçon, dit le juge, tu vois comme il t'est donné.

– Ah ! répliqua le diable, celui qui semble ainsi me le livrer lui est très attaché. En ce moment la colère et l'ivresse l'aveuglent. Mais s'il venait à le perdre, il en aurait un profond chagrin. »

Tout à coup une vieille femme dont les vêtements annoncent la pauvreté, dont la figure pâle et maigre révèle une profonde douleur, s'arrête en face du juge et s'écrie :

« Malheur à toi ! malheur à toi ! Tu es riche et moi je suis pauvre, tu m'as enlevé mon unique vache qui était ma dernière ressource. Je n'avais fait aucun mal et tu m'as réduite sans pitié à la plus affreuse misère. J'invoque la justice du ciel. Je la prie de te punir de tes iniquités. Je demande que le diable emporte ton corps et ton âme en enfer.

– Ah ! cette fois, dit le diable en se tournant vers le juge, voilà une parole sincère, un vœu de cœur. Je prends ce qui m'est si bien donné. »

1. **Rétif :** indocile, désobéissant.
2. **Antagoniste :** adversaire, rival.

À ces mots, il saisit de ses deux griffes le juge par le col et disparaît avec lui.

***Contes populaires de différents pays*,**
recueillis et traduits par Xavier Marmier (1880)

4 Les babouches

La vie se charge de punir les gros défauts, comme l'avarice. Mais les juges y participent aussi. Voici un conte oriental amusant et plein de rebondissements qui nous présente les démêlés[1] d'Ali-Cassem avec la justice.

Il ne faut pas se laisser emporter par l'avarice, et on doit quitter des babouches usées lorsqu'elles menacent de quitter vos pieds. Cette vérité importante va être mise dans tout son lustre[2] et son jour, par la très véridique et merveilleuse histoire suivante, translatée[3] de l'arabe avec brefs commentaires français.

Sachez donc tous qu'il y avait au Caire un richissime marchand nommé Ali-Cassem, qui était bien le musulman le plus avare qui ait vécu sous la loi du Prophète. Ses habits, faits de pièces et de morceaux, tenaient sur son corps par miracle ; son turban[4] n'offrait plus aucune couleur appréciable à l'œil ; mais la partie la plus curieuse de son costume, c'étaient ses babouches. Elles étaient vieilles de dix ans selon les uns, de quinze ans selon d'autres ; les semelles étaient garnies de gros clous ; quant aux empeignes[5], elles étaient tellement rapiécées et rapetassées[6] que les savetiers[7] du Caire, les plus habiles savetiers du monde, avaient à les raccommoder perdu leur latin, je veux dire leur arabe[8].

1. **Démêlés :** ennuis.
2. **Lustre :** éclat.
3. **Translatée :** traduite.
4. **Turban :** large ruban entouré autour de la tête. Coiffure traditionnelle orientale.
5. **Empeignes :** le dessus de la chaussure, depuis la cheville jusqu'aux orteils.
6. **Rapetassées :** raccommodées grossièrement.
7. **Savetiers :** cordonniers.
8. **Avaient [...] leur arabe :** « en perdre son latin » est une expression qui signifie « ne plus rien comprendre, ne plus savoir comment faire ». Le narrateur fait un jeu de mots et adapte cette expression à la langue du pays, l'arabe.

Ces babouches étaient si connues de toute la ville qu'elles étaient passées en proverbe. On disait d'un objet lourd : cela pèse autant que les babouches d'Ali-Cassem.

Un jour, Ali-Cassem fit deux excellents marchés : il acheta presque pour rien plusieurs caisses de verre et de flacons appartenant à un chrétien mort subitement de la peste ; après quoi, ayant appris qu'un de ses amis, négociant en parfumeries, venait d'être ruiné, il alla le consoler, et consentit, pour lui être utile, à prendre à vil[1] prix une grande provision d'eau de rose. Ali-Cassem fit mettre son eau de rose dans ses flacons, plaça lui-même soigneusement les flacons bien bouchés sur des planches posées dans sa chambre ; puis, ayant calculé qu'il venait de gagner deux cents piastres[2] fortes, il se frotta les mains, et se demanda quel cadeau il pourrait bien s'accorder à lui-même.

Achèterait-il des babouches neuves, ou se donnerait-il un bain tiède et parfumé ? Il se décida pour le bain, vers lequel le poussait un désir qui allait jusqu'à la démangeaison.

Il s'en alla donc aux bains publics, où il rencontra un de ses parents. Celui-ci lui fit honte de son costume, et en particulier de ses babouches, qui le rendaient la fable de la ville.

[...] Ali-Cassem déposa son turban et ses babouches au vestiaire. Lorsque, après s'être baigné, il revint reprendre ces objets, il ne retrouva plus ses chaussures, si reconnaissables pourtant. À leur place étaient de neuves et fines babouches en cuir de Cordoue[3], doublées de soie rose et légèrement garnies de petits clous d'argent. Ali crut que c'était un cadeau de son parent ; il mit cette élégante chaussure à ses pieds, et s'en alla, sans plus de scrupule, à ses affaires.

Or le cadi[4] du Caire était venu se baigner un peu après le négociant, et c'était lui qui avait laissé au vestiaire les élégantes babouches. Ses esclaves ne les ayant pas trouvées, et ayant découvert dans un coin les fameuses babouches d'Ali-Cassem, ne doutèrent pas qu'il n'eût volé

1. **Vil :** bas.
2. **Piastres :** pièces d'argent (unité monétaire).
3. **Cuir de Cordoue :** cuir fin, décoré de motifs, dans lequel on a inséré des fils d'argent, ce qui lui donne une apparence dorée.
4. **Cadi :** juge religieux musulman.

leur maître. Ils se mirent à la poursuite de cet avare devenu voleur et ne tardèrent pas à l'atteindre. Impossible de nier. Quant à s'excuser et à s'expliquer, on ne lui en donna pas le temps. Il fut condamné par le cadi, juge et partie dans sa cause[1], à deux cents sequins[2] d'amende. Il dut payer, se déchausser, se rechausser, et remercier de l'indulgence extrême dont on usait à son égard.

Arrivé chez lui, il prit les babouches et les jeta dans le Nil, qui coulait sous ses fenêtres.

Des pêcheurs travaillaient justement non loin de là. Ils sentirent une résistance inaccoutumée et crurent avoir pris un gros poisson. Quel ne fut pas leur désappointement en trouvant dans leurs filets les deux babouches d'Ali-Cassem ! Plusieurs mailles avaient été déchirées par les clous dont les semelles étaient garnies. Les fenêtres du négociant étaient ouvertes, et les pêcheurs furieux y lancèrent les grosses chaussures. On entendit un bruit semblable à celui que fait la vaisselle qui se brise. C'étaient les flacons d'eau de rose atteints par les babouches et dégringolant des rayons et des tablettes où ils étaient placés.

Ali, voyant ce dégât, se meurtrit la poitrine et s'arracha la barbe.

« Maudites babouches ! s'écria-t-il, vous ne me causerez plus de dommage. »

Il prit une bêche et s'en alla dans son jardin creuser un trou pour y ensevelir à jamais ces malencontreuses chaussures.

Un voisin, son ami, l'aperçut et courut annoncer au pacha[3] qu'Ali-Cassem venait, en creusant la terre, de découvrir un trésor dans son jardin.

Le pacha ne cherchait qu'un prétexte pour tirer du riche négociant un impôt illégal. Il se rendit au jardin, vit la terre fraîchement remuée, le trou, la bêche, et fut convaincu. Malgré ses protestations et ses explications, Ali dut donner une grosse somme pour sauver sa liberté.

Plaignez-vous après cela des lenteurs de la justice européenne en général, et de la justice française en particulier.

1. **Juge et partie dans sa cause :** juge et en même temps accusé ou accusateur. On ne peut pas légalement être « juge et partie ».
2. **Sequins :** pièces d'or.
3. **Pacha :** gouverneur de province dans l'Empire ottoman.

Ali-Cassem tente ensuite de se débarrasser des babouches en les jetant dans l'aqueduc qui amène l'eau à la ville. Mais elles bouchent la principale canalisation.

Ce n'était pas une plaisanterie. Priver d'eau toute la ville du Caire ! se venger sur toute une population innocente de quelques amendes légères et justement méritées !

On donna à choisir au négociant entre deux cents coups de bâton appliqués sur la plante des pieds et deux mille sequins à payer au fisc.

Naturellement il opta pour les deux cents coups de bâton.

Les juges, par humanité, réformèrent[1] leur sentence, et le condamnèrent à recevoir cent coups de bâton et à payer mille sequins.

Bien entendu les babouches furent rendues à leur maître : la justice orientale est expéditive et sévère, mais honnête.

Ali-Cassem veut ensuite brûler les babouches et les dépose sur la terrasse de sa maison. Mais le chien s'en empare, les fait tomber sur une femme passant dans la rue qui meurt sur le coup.

Le cas était grave. Le cadi, tout en plaignant Ali-Cassem, ne l'en condamna pas moins, comme possesseur de la terrasse, du chien et des babouches, à payer trois mille sequins, à savoir : mille au mari, mille aux parents de la femme et mille au sultan.

Ali, après avoir payé, prit les babouches dans ses deux mains, et les présentant au juge, s'écria d'une voix entrecoupée de sanglots : « Seigneur, je ne crains plus pour ma fortune : grâce à ces deux savates vomies par l'enfer, elle est détruite entièrement. Mais la vie me reste; si vous voulez que je la conserve, faites, je vous en conjure, un édit[2] par lequel il sera déclaré que je ne suis pas responsable des malheurs que pourront causer ces babouches ; car, soyez-en sûr, elles en causeront encore. »

Le cadi trouva la requête juste, et rendit l'édit qui lui était demandé.

Jean Grange, *Contes d'Orient et d'Occident* (1878)

1. **Réformèrent :** modifièrent.
2. **Édit :** décret, arrêté officiel.

Bibliographie et filmographie

Pour mieux connaître Amadou Hampâté Bâ

Mémoires, Actes Sud, 2012.

- Son autobiographie : ce livre regroupe les tomes 1 et 2, ***Amkoullel, l'enfant peul*** (1991) et ***Oui, mon commandant !*** (1996), ainsi que ***Sur les traces d'Amkoullel, l'enfant peul*** (1998) avec les photographies de Philippe Dupuich.

Pour découvrir d'autres livres d'Amadou Hampâté Bâ

Contes initiatiques peuls, Stock, 1994.

Petit Bodiel et autres contes de la savane, Stock, 1994.

Il n'y a pas de petites querelles. Nouveaux contes de la savane, Stock, 1999.

- Certains de ces contes sont repris dans un volume illustré : ***Contes des sages d'Afrique,*** Seuil, 2004.

Pour lire d'autres contes africains

Monique Bermond, ***L'Oiseau de pluie,*** Père Castor, Flammarion, 1971.

Christiane Seydou, ***Petite Buche, conte peul du Mali,*** Nubia, 1980.

Birago Diop, ***Les Contes d'Amadou Koumba,*** Présence africaine, 2000.

Ayyam Sureau et Ibrahim Sha'arawy, ***Contes de la Nubie,*** coll. « Neuf », L'École des loisirs, 2001.

Suzy Platiel, ***Contes sànán du Burkina Faso,*** coll. « Neuf », L'École des loisirs, 2001.

Christiane Seydou, ***Contes peuls,*** coll. « Neuf », L'École des loisirs, 2002.

Birago Diop, ***Les Nouveaux Contes d'Amadou Koumba,*** Présence africaine, 2004.

Kama Kamanda, ***Les Contes du griot,*** coll. « C&C », Magnard, 2005.

Souleymane Mbodj, ***Mille Ans de contes - Afrique***, Coll. « Mille ans de contes », Milan Jeunesse, 2010.

Pour écouter d'autres contes africains

Souleymane Mbodj, ***Contes et sagesses d'Afrique,*** Coll. « De bouche à oreille », Milan, 2009.

Bibliographie et filmographie

Pour connaître un peu mieux le Mali

Le Mali des talents, collectif, Éd. Cauris, 2004.

Lilyan Kesteloot et Joëlle Jolivet (ill.), ***Soundiata, l'enfant lion,*** Coll. « Épopée », Casterman, 2006.

- ▶ Récit qui retrace l'épopée du roi Soundiata qui, selon la légende, a fondé le nouvel empire du Mali au XIIIe siècle.

Pour voir un film d'animation sur l'Afrique

Michel Ocelot, ***Kirikou et la sorcière*** et ***Kirikou et les bêtes sauvages,*** Coffret de 2 DVD, France Télévisions Éditions, 2008.

Sites Internet sur les contes africains

http://www.contesafricains.com

http://www.ricochet-jeunes.org/bibliographies/bibliographie/2-afrique-noire

Pour organiser des visites de musées

À Paris :

Musée du quai Branly, 37, quai Branly, 75007 Paris ; http://www.quaibranly.fr/

Musée Dapper, 35 bis, rue Paul Valéry, 75016 Paris ; http://www.dapper.com.fr/

À Lyon :

Musée africain des cultures de l'Afrique de l'Ouest, 150, cours Gambetta, 69361 Lyon cedex 07 ; http://www.musee-africain-lyon.org/

Dans la même collection :

AMADO Jorge	*Cacao*
BÂ Amadou Hampâté	*La Querelle des deux lézards* et autres contes africains
BEGAG Azouz	*Celui qui n'est pas né de la dernière pluie*
BRADBURY Ray	*Un coup de tonnerre* et autres nouvelles
BUZZATI Dino	*Douce Nuit* et autres nouvelles cruelles
BUZZATI Dino	*Le Chien qui a vu Dieu* et autres nouvelles
CARRIÈRE Jean-Claude	*38 Contes philosophiques*
CARRIÈRE Jean-Claude **VIGNE Daniel**	*Le Retour de* *Martin Guerre*
CHARYN Jerome, CONNELLY Michael **DAENINCKX Didier, HARVEY John** **POUY Jean-Bernard**	*Après minuit* et autres nouvelles policières
CLAVEL Bernard	*Le Carcajou*
DAENINCKX Didier	*Galadio*
DELERM Philippe	*Quiproquo* et autres nouvelles
DHÔTEL André	*Le Robinson de la rivière* et autres contes
FRANK Anne	*Contes*
GARY Romain	*J'ai soif d'innocence* et autres nouvelles à chute
GENEVOIX Maurice	*Ceux de 14*
HALTER Marek	*Les Justes, ces héros inconnus*
HÉLIAS Pierre-Jakez	*La Mort du bon voleur* et autres contes bretons
KADARÉ Ismail	*Qui a ramené Doruntine ?*
NÉMIROVSKY Irène	*Monsieur Rose* et autres nouvelles réalistes
PELOT Pierre	*L'Unique Rebelle*
SINGER Isaac Bashevis	*Yentl*
VERCORS	*Contes des cataplasmes*

Photocomposition : Jouve Saran
Impression : Rotolito Lombarda (Italie)
Dépôt légal : Août 2012 - 306873
N° Projet : 11014487 - Juillet 2012